Bianca™

LA HERENCIA DEL JEQUE

Heidi Rice

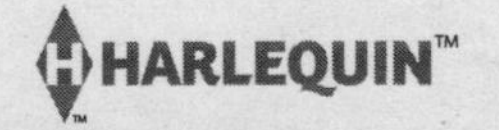

Editado por Harlequin Ibérica.
Una división de HarperCollins Ibérica, S.A.
Núñez de Balboa, 56
28001 Madrid

La herencia del jeque, n.º 2739 - 13.11.19
Título original: Carrying the Sheikh's Baby
Publicada originalmente por Harlequin Enterprises, Ltd.

I.S.B.N.: 978-84-1328-496-5
Depósito legal: M-29557-2019
Impreso en España por: BLACK PRINT
Fecha impresion para Argentina: 11.5.20
Distribuidor exclusivo para España: LOGISTA
Distribuidor para México: Distibuidora Intermex, S.A. de C.V.
Distribuidores para Argentina: Interior, DGP, S.A. Alvarado 2118.
Cap. Fed./Buenos Aires y Gran Buenos Aires, VACCARO HNOS.

Este libro ha sido impreso con papel procedente de fuentes certificadas según el estándar FSC, para asegurar una gestión responsable de los bosques.

Capítulo 1

Doctora Smith, tiene que venir a mi despacho lo antes posible. Tiene usted una visita muy importante a la que no se puede hacer esperar.

Catherine Smith dejó atrás la verja del Devereaux College de Cambridge a toda velocidad. El breve mensaje de texto de su jefe, el profesor Archibald Walmsley, hacía que el sudor le mojara la frente y se le metiera en los ojos.

Frenó junto al monolito victoriano de ladrillo rojo que albergaba las oficinas de la facultad, saltó de la bici y la dejó en el aparcamiento de bicicletas antes de secarse la frente. Junto al edificio vio una limusina con los cristales tintados y bandera diplomática, detenida en un lugar delante de la entrada principal en el que estaba prohibido estacionar. Se le aceleró el corazón.

Reconocía aquella bandera.

Y con ello se resolvía el misterio de quién había ido a verla: tenía que ser alguien de la embajada de Narabia en Londres. El miedo y la excitación le apretaron las costillas como una boa constrictor mientras subía las escaleras, ya que un enviado de Narabia podía ser algo muy bueno, o muy malo.

Walmsley –el catedrático que se había hecho decano de Devereaux College tras el fallecimiento de su padre– la iba a matar por pasar por encima de él y solicitar una acreditación oficial para acometer una búsqueda en la historia reciente de ese país desértico tan cerrado y rico en petróleo. Pero, si lograba conseguirla, ni siquiera él podría interponerse en su camino. Conseguiría financiación para su investigación. Incluso era posible que lograra permiso para viajar al país.

Seguro que tenía que tratarse de buenas noticias. El gobernante del país, Tariq Ali Nawari Khan, había fallecido dos meses antes tras una larga enfermedad, y su hijo, Zane Ali Nawari Khan, se había hecho con el poder. Muy querido por las columnas de cotilleo, ya que era medio estadounidense, hijo del breve matrimonio entre su padre y la actriz Zelda Mayhew, había desaparecido del ojo público cuando su padre ganó la batalla legal por su custodia siendo él un adolescente. Pero se decía que el nuevo jeque iba a abrir el país, y hacer que Narabia se mostrara al mundo.

Esa era la razón de que hubiera presentado la solicitud: porque esperaba que el nuevo régimen considerara alzar aquel velo de secretismo. Pero ¿y si había cometido un error? ¿Y si aquella visita llevaba malas noticias y era una queja? Walmsley podría utilizarlo como excusa y poner fin a su estancia allí.

La sombra del dolor la atenazó al empezar a subir las escaleras hacia el que había sido el despacho de su padre. Aquel lugar había sido su vida desde que era pequeña, y su padre asumió el cargo de rector, pero Henry Smith llevaba muerto dos años y Walmsley quería que ella se marchara, ya que era el recuerdo vivo del hombre a cuya sombra había tenido que vivir durante más de quince años.

«¡Vamos, Cat! Ha llegado el momento. No puedes

pasarte el resto de la vida escondida tras estas cuatro paredes».

Al girar en la esquina, vio a dos hombres corpulentos vestidos de oscuro montando guardia ante la puerta del despacho y el corazón se le subió a la garganta.

¿Por qué habían enviado a un equipo de seguridad? ¿No era un poco excesivo? Tal vez la reacción de Walmsley no era lo único que debía temer…

Se apartó el pelo de la cara y se sujetó los rizos rebeldes para ganar tiempo. El chasquido de la goma sonó como un latigazo en el corredor vacío. Ambos la miraron como si fuera un asaltante en lugar de una profesora de veinticuatro años con un doble doctorado en Estudios de Oriente Medio. Parecían dispuestos a placarla contra el suelo como se le ocurriera estornudar.

–Disculpen –murmuró–. Soy Catherine Smith. El rector me está esperando.

Uno de los hombres-montaña asintió y entreabrió la puerta.

–Ha llegado –anunció.

Cat entró en el despacho con el vello de la nuca erizado.

–¡Doctora Smith! ¡Por fin! ¿Dónde se había metido? –exclamó Walmsley y su voz sonó tensa y aguda.

Cat dio un respingo al oír la puerta cerrarse a su espalda. ¿Por qué toqueteaba los papeles que tenía sobre la mesa? Parecía nervioso, y era la primera vez que lo veía así.

–Lo siento, rector –contestó, intentando leer su expresión, pero su cara quedaba en penumbra porque la luz entraba por una ventana de guillotina que quedaba a su espalda–. Estaba en la biblioteca. No he recibido su mensaje hasta hace cinco minutos.

–Tenemos un ilustre visitante que ha venido a verla, y no debería haberle hecho esperar.

Walmsley hizo un gesto con el brazo y Cat se dio la vuelta. Se le pusieron los pelos como escarpias. Había un hombre sentado en el sillón de cuero que había junto a la pared del fondo.

Su rostro también quedaba en sombras, pero, aun estando sentado, se le veía enorme, con unos hombros desmesuradamente anchos a pesar del traje caro que llevaba. Tenía una pierna cruzada sobre la otra, apoyada en el tobillo, y una mano morena la sujetaba por la espinilla. Un reloj de oro de los caros brillaba a la luz del sol. La pose era indolente, segura y curiosamente depredadora.

Descruzó las piernas y salió de las sombras, y el pulso errante de Cat voló hasta la estratosfera.

Las pocas fotos que había visto del jeque Zane Ali Nawari Khan no le hacían justicia. Pómulos marcados, la nariz afilada, el pelo indomable resultaban fuera de sitio ante un par de ojos brutalmente azules, del mismo tono turquesa que había hecho famosa a su madre.

Estaba claro que había heredado los mejores genes de ambas familias. De hecho, sus facciones eran casi demasiado perfectas para ser reales, excepto por la cicatriz que tenía en la barbilla y un bulto en el puente de la nariz.

–Hola, doctora Smith –la saludó con su voz cultivada y un acento en su inglés claramente norteamericano de la Costa Oeste. Se levantó y se acercó a ella, y Cat tuvo la sensación de ser abordada como lo sería una gacela que se hubiera metido sin darse cuenta en la jaula del león del zoo de Londres.

Respiró hondo intentando recuperar el control, no

fuera a ser que cayese desmayada sobre sus zapatos de Gucci.

–Me llamo Zane Khan –se presentó.

–Sé quién es usted, Majestad –le dijo ella, demasiado consciente de la diferencia de estatura.

–No utilizo el título fuera de Narabia.

La sangre se le subió de golpe a las mejillas y vio que, al sonreír, se le hacía un hoyuelo en la mejilla izquierda. «Por el amor de Dios, ¿un hoyuelo? ¿Es que aún no es lo bastante demoledor?».

–Lo siento, Majes… Zane.

El calor le llegó hasta la raíz del pelo al verle sonreír.

«Ay, Dios mío, Cat. ¿De verdad acabas de llamar al rey de Narabia por su nombre de pila?».

–Lo siento. Lo siento mucho. Quería decir señor Khan.

Respiró hondo para serenarse y se llevó con ella el aroma de un jabón cítrico y una colonia de perfume de cedro. Retrocedió hasta topar con la mesa de Walmsley.

Él no se había movido de donde estaba, pero podía sentir su mirada clavada en cada centímetro de su piel.

–¿Ha venido por mi solicitud de acreditación? –le preguntó.

Qué tonta. ¿Por qué si no iba a estar allí?

–No, doctora Smith –contestó él–. He venido a ofrecerle un trabajo.

Zane tuvo que contener el deseo de echarse a reír cuando los ojos castaños de Catherine Smith adquirieron el tamaño de un plato.

Ella no se lo esperaba, pero es que él tampoco la esperaba a ella. La única razón por la que había acudido en persona era porque tenía una reunión de trabajo en Cambridge con una firma tecnológica que iba a proporcionar acceso a Internet de alta velocidad a Narabia. Y porque le había puesto furioso el informe de su gente en el que se le informaba de que alguien de Devereaux College había estado investigando sobre Narabia sin su permiso.

No se había molestado en leer el expediente que le habían enviado sobre la académica que había solicitado la acreditación, y había dado por sentado que sería poco atractiva y de mediana edad.

Lo que menos se esperaba era que le presentaran a una mujer que parecía una estudiante de instituto y con los ojos del color del caramelo. Parecía un muchacho, vestida con unos vaqueros ajustados, botas de motorista y un jersey sin forma alguna que casi le llegaba a las rodillas. Su pelo castaño que una goma a duras penas lograba contener, contribuía a dar esa impresión de juventud y de belleza no convencional. Pero eran sus ojos de color caramelo lo que de verdad llamó su atención. Grandes y rasgados, resultaban sorprendentes y sobre todo tremendamente expresivos.

–¿Un trabajo para hacer qué? –preguntó, y su franqueza lo sorprendió.

Miró por encima de ella directamente a Walmsley.

–Déjenos.

El académico de mediana edad asintió y salió del despacho, consciente de que los fondos para su departamento estaban en juego por la investigación de aquella mujer.

–Necesito que alguien escriba un informe detallado del pueblo de mi país, de la historia de su cultura y costumbres para completar el proceso de apertura de Narabia al mundo. Tengo entendido que usted posee un conocimiento considerable de la región, ¿no?

Su gente le había sugerido la hagiografía, todo ello formando parte del proceso destinado a sacar a Narabia de las sombras y llevarla a la luz, un proceso en el que se había embarcado hacía ya cinco años, cuando su padre abrió el puño de hierro con que había sostenido el trono. Cinco años había tardado Tariq Khan en fallecer del ataque que lo dejó reducido a una sombra del que era, un tiempo en el que Zane se las había arreglado para sacar a la industria petrolera de la era oscura, empezar una serie de proyectos de infraestructuras que llevarían electricidad, agua potable e incluso acceso a Internet a las zonas más remotas de su país. Pero aún quedaba mucho por hacer y lo último que necesitaba era que se desataran los cotilleos sobre la relación de sus padres y la naturaleza difícil de su relación con su progenitor, porque la historia quedaría reducida solo a eso.

El trabajo de aquella mujer amenazaba con llamar la atención sobre el libro que había pensado encargar, en el que quería que se hiciera hincapié en la adaptabilidad del país y en su modernización, si descubría la sórdida verdad de por qué había llegado a vivir en Narabia. Pero impedirle la entrada no era la respuesta adecuada. Él siempre había estado convencido de que el mejor modo de atacar un problema era de frente. «No confíes en nadie nunca», había sido una de las máximas favoritas de su padre, y una de las muchas duras lecciones que él había aprendido.

–¿Quiere que escriba un libro sobre su reino? –preguntó ella. Parecía atónita, y él se preguntó por qué.

–Sí. Para ello tendría que acompañarme a Narabia. Tendría tres meses para concluir el proyecto, pero tengo entendido que usted ya lleva más de un año investigando sobre mi país.

Una investigación que él necesitaba saber si había descubierto o no lo que quería mantener oculto.

La vio humedecerse los labios y se sintió atraído hacia su boca. Aunque parecía no llevar carmín, se quedó durante un instante mirando sus labios gordezuelos y brillantes, y la punzada de lujuria le resultó sorprendente. Las mujeres con las que se acostaba solían ser mucho más sofisticadas que aquella.

–Lo siento, pero no… no puedo aceptar.

–Le aseguro que el salario es considerable –respondió él, molesto consigo mismo y más aún con su negativa.

–No lo dudo –contestó Cat, aunque él sospechaba que no tenía ni idea de lo lucrativa que podía ser su propuesta: más de lo que un académico podía ganar en diez años, obtenido en tres meses–, pero es que no creo que pudiera escribir un relato completo en ese tiempo. Por ahora solo he hecho investigaciones preliminares, y nunca he escrito algo de tal magnitud. ¿Está seguro de que no prefiere los servicios de un periodista?

De ninguna manera iba a abrirle las puertas de su pasado a un periodista.

–¿Qué edad tiene, doctora Smith?

Aquel abrupto cambio de tema pareció ofenderla. Debía de estar acostumbrada a que la gente cuestionara sus credenciales, lo cual no era sorprendente ya que por su aspecto ni siquiera se diría que estaba en la universidad, y mucho menos tener dos doctorados.

–Veinticuatro años.

–Entonces, está aún en los albores de su carrera. Yo le estoy ofreciendo la oportunidad de hacerse un nombre fuera de... –miró los lomos de cuero viejo de los libros que llenaban las estanterías, tomos académicos herrumbrosos, todo historia muerta en su opinión– del mundo académico. Usted quería obtener una acreditación oficial para investigar en Narabia, y esta es la única oportunidad que va a tener de obtenerla.

Una vez él se hubiera asegurado del contenido final de su libro.

Le dio un instante para absorber el ofrecimiento y la amenaza, y no tardó mucho en hacerlo, ya que su rostro se volvió rojo como la grana.

–Podría continuar mi trabajo sin acreditación –contestó, pero mordiéndose el labio inferior, un gesto que volvió a enviarle una molesta descarga a la entrepierna, aunque también descubrió lo que eran en realidad sus palabras: un heroico farol.

–Podría, pero su plaza de profesor titular aquí quedaría rescindida –se había agotado su paciencia. Por atractiva o heroica que fuera, no tenía tiempo de seguir jugando con ella–. Y me aseguraría personalmente de bloquear su acceso al material que necesita para seguir investigando acerca de mi país.

Ell alzó tanto las cejas que se le pegaron al pelo, y el rojo de sus mejillas hizo que resaltaran las pecas que le salpicaban la nariz.

–¿Me está usted... amenazando, señor Khan?

Él se metió las manos en los bolsillos del pantalón y se acercó más.

–Al contrario. Le estoy ofreciendo la posibilidad de validar su trabajo. Narabia es un lugar fascinante y muy hermoso, que está a punto de salir de la crisálida y alcanzar por fin todo su potencial.

Ese era el objetivo final del juego: hacer que su país llegase a un punto en el que pudiera abrazar su herencia cultural sin quedar rehén de ella.

–¿Cómo puede escribir de un país que nunca ha visto, de una cultura que nunca ha experimentado, o de unas gentes a las que no conoce?

La pasión de los ojos de Zane hacía que el azul de sus iris se tornara más tormentoso e intenso. Y profundamente inquietante.

«Te está llamando cobarde».

Darse cuenta le tocó a Cat un nervio que llevaba años cauterizando aunque, en el fondo, ¿cómo podía replicarle?

Desde que había llegado a Cambridge, a Devereaux College, se había sumergido en el aprendizaje porque así se sentía a salvo y segura.

Pero desde el fallecimiento de su padre, había querido probar sus alas, dejar de estar asustada de su deseo de ver mundo.

«No seas tan aburrida, cariño. Papá no se enterará si no se lo cuentas. ¿Qué eres, un gato o un ratón?».

La imagen de la sonrisa brillante de su madre –demasiado brillante en realidad– y de sus ojos de color chocolate, llenos de pasión, apareció en un rincón de su consciencia.

«No vayas por ahí. Esto no tiene nada que ver con ella, sino contigo».

Se obligó a mirar los ojos azules de Zane Khan, cargados de secretos que hasta aquel momento solo había intuido. Era un hombre peligroso para su paz mental, pero ¿por qué iba a tener eso algo que ver con su integridad profesional? ¿Y qué si se sentía totalmente sobrepasada y únicamente había estado cinco minutos en su presencia? Seguro que se trataba solo de una consecuencia de todas las cosas que la habían retenido prisionera durante tanto tiempo. La confianza había que ganársela, y para ello había que enfrentarse a los temores. Y no ser una cobarde.

«Lo único que tienes que hacer es creer que puedes hacerlo, Cat. Entonces lo lograrás».

La voz de su padre y el ánimo que siempre le había dado cuando la ansiedad la paralizaba el primer día de colegio, o de instituto, o de universidad, reverberó en su cabeza.

Sí, la idea de realizar aquel viaje era aterradora, pero ya era más que hora de que dejase de vivir en su zona de confort. Tenía veinticuatro años, y nunca había tenido siquiera un novio en condiciones, lo cual seguramente explicaba que hubiera estado a punto de desmayarse al encontrarse con Zane Khan.

Había visto montones de fotografías y artefactos de Narabia, le había cautivado la increíble variedad geográfica del país y su rica herencia cultural, pero solo había sido capaz de rascar en la superficie de sus secretos. Ya sabía que necesitaba experimentar de primera mano el país y la cultura para validar su trabajo. La ocasión de experimentar lo que podía ser un momento tumultuoso en la historia del país también resultaba tentadora, profesionalmente hablando.

Y el único momento que tendría que pasar en compañía de Zane Khan sería para la investigación.

–¿Tendré acceso absoluto a los archivos?

–Por supuesto –respondió él sin dudar.

–También me gustaría entrevistarle a usted en algún momento –añadió antes de que le diera miedo preguntarlo.

Vio algo tenso y defensivo en sus ojos.

–¿Por qué iba a ser necesaria tal cosa?

–Bueno, usted dirige el país –contestó ella. No entendía por qué tenía que darle explicaciones–. Y también porque ha tenido una infancia occidentalizada y su perspectiva debe de ser única.

–Estoy seguro de que podré hablar con usted en algún momento –contestó él, pero su tono era vagamente tenso–. ¿Trato hecho?

Cat respiró hondo. Tenía la sensación de estar a punto de saltar a un precipicio, porque en muchos sentidos era así… pero llevaba mucho tiempo esperando una oportunidad como aquella.

«No querrás pasarte la vida siendo un ratón».

–De acuerdo –dijo, y la excitación que sintió casi desbancó al pánico.

Tendió la mano y, cuando una mano de dedos largos y fuertes se la estrechó, deseó poder retirarla. Su apretón era firme, impersonal, pero la sensación que le subió por el brazo fue todo lo contrario.

–¿Cuánto tiempo tardará en prepararse para el viaje?

–Eh… creo que podría estar allí dentro de una semana más o menos –dijo ella.

–No es suficiente.

–¿Perdón?

–Haré que redacten el contrato y se lo entreguen en una hora. ¿Quinientas mil libras es suficiente por su participación en el proyecto?

«¡Medio millón de libras!»

–Yo… es muy generoso.

–Excelente. Entonces salimos para Narabia esta noche.

«¿Salimos? ¿Esta noche? ¿Qué?».

–Yo…

Él alzó una mano y su débil protesta se le quedó en la garganta.

–Nada de peros. Hemos hecho un trato.

Sacó el teléfono del bolsillo del pantalón y los dos guardaespaldas y Walmsley, que debía de haber estado pegado a la puerta, se alertaron de inmediato al ver que abría.

–La doctora Smith vendrá conmigo esta noche en mi avión privado –anunció.

Walmsley abrió tanto la boca que su gesto de pasmo resultó cómico, pero es que ella no tenía ganas de reír.

Zane la miró por encima del hombro.

–Un coche vendrá a buscarla dentro de cuatro horas para llevarla al aeropuerto.

–¡Pero necesito más tiempo! –consiguió balbucir. ¿Dónde se había metido? Porque empezaba a sentirse otra vez como un ratón, un ratón muy tímido y angustiado en presencia de un león enorme y hambriento.

–Se le proporcionará todo lo que pueda necesitar –respondió Zane, y cortó más posibles protestas poniéndose el teléfono en el oído mientras se alejaba por el corredor con los dos guardaespaldas flanqueándolo.

Cat vio su alta figura desaparecer en la esquina y se quedó con la respiración congelada en los pulmones mientras su estómago caía por el precipicio dejando atrás al resto de su persona.

El problema era que no había tenido la ocasión de saltar a aquel precipicio en particular… porque acababan de darle un empujón.

Capítulo 2

CAT LLEGÓ al aeródromo privado de las afueras de Cambridge cuatro horas y media después, aún apabullada por la reunión que había tenido con el dirigente de Narabia.

«¿Esto está ocurriendo de verdad?».

Las luces del hangar iluminaban un estilizado jet pintado con los colores verde y dorado de la bandera del reino del desierto.

El chófer, que había llegado a las ocho en punto a recogerla, sacó la bolsa de tela que le habían prestado del maletero de la limusina y acompañó a Cat hasta la escalerilla del avión.

Un hombre apareció en la puerta, vestido con una túnica y el tocado tradicional de Narabia, tomó la vieja bolsa de manos del chófer y la hizo pasar al avión tras presentarse como Abdallah, uno de los sirvientes personales del jeque.

Atravesó la cabina, dejando atrás asientos de cuero, mesas de madera pulida y una gruesa moqueta, y llegó a un dormitorio privado que había al fondo de la aeronave.

–Le servirán aquí la cena una vez hayamos despegado –le informó en un inglés perfecto, dejando su bolsa de viaje en uno de los armarios de la cabina–. Se ha dispuesto ropa adecuada para su estancia en

Narabia –anunció Abdallah, mirando discretamente su atuendo: botas con solera, vaqueros y un jersey de segunda mano que no había tenido tiempo de quitarse.

No había censura en su tono, pero hizo que se sintiera tremendamente incómoda y mal preparada, sobre todo cuando el sirviente abrió la puerta de un guardarropa que contenía una enorme variedad de túnicas oscuras y vaporosas.

–Su Excelencia, Su Divina Majestad, ha pedido que vista adecuadamente cuando salga del avión, y que limite sus preguntas a mi persona y al personal del palacio.

Cat asintió, y su nerviosismo se vio acompañado de cierta irritación. Al parecer, Su Divina Majestad estaba acostumbrado a dar órdenes y a que se las obedeciera sin rechistar, pero ¿cómo iba a llevar a cabo su investigación sobre los usos y la cultura de Narabia si no podía moverse con libertad?

–¿Está el señor Khan en el avión?

El hombre alzó las cejas mínimamente antes de contestar.

–Su Excelencia, Su Divina Majestad, el jeque de Narabia es el piloto del avión, doctora Smith, y me ha pedido que la asista en todo lo que pueda necesitar.

La tensión cedió un poco al pensar que no iba a tener que volver a ver a Zane Khan hasta que aterrizaran, aunque también hubo cierta desilusión.

Aquello iba a ser una aventura. Una aventura que un día podría contarle a sus nietos. Los acontecimientos evolucionaban mucho más rápido de lo que ella habría querido, pero ¿acaso eso era malo?

La impulsividad era un rasgo que había contenido

durante su infancia y su adolescencia, y se convenció de que era bueno no haberlo hecho en aquella ocasión, pero, por desgracia, eso no sirvió para que lo que le esperaba le resultase menos sobrecogedor.

–Aterrizaremos en Narabia mañana a las ocho de la mañana –la informó Abdallah–. Su Excelencia, Su Divina Majestad, hablará con usted entonces, antes de que nos dirijamos al palacio del jeque.

A Cat le martilleó el pulso en el cuello. El palacio del jeque había sido construido hacía más de quinientos años junto a un manantial, y su esplendor arquitectónico lo hacía rivalizar con el Taj Mahal, pero no existían fotografías de él. Solo algunos dibujos a lápiz realizados por un explorador británico en los años veinte del pasado siglo. Ella iba a ser la primera extranjera en verlo desde hacía generaciones. Respiró hondo y contuvo las ganas de saltar de entusiasmo.

–Gracias. Estoy deseando verlo –contestó.

El motor del avión cobró vida, y mientras se abrochaba el cinturón de seguridad, se imaginó las manos de dedos largos de Zane Khan manejando los controles. El estómago se le subió a la garganta cuando la aeronave ganó velocidad en la pista y se alzó hacia el cielo de la noche sobre Cambridge.

Había tres horas de diferencia entre el Reino Unido y Narabia, lo cual le daba aproximadamente nueve horas para dilucidar cómo iba a manejar su interacción con Su Divina Majestad la próxima vez que lo viera.

Fue contando las veces que inspiraba y espiraba mientras las luces de Cambridge desaparecían bajo un manto de nubes.

No hiperventilarse iba a ser un comienzo prometedor.

Tras una cena de tres platos, Cat consiguió dormir apenas cuatro horas en la lujosa cama. La última vez que se despertó, el paisaje del desierto ya se veía por la ventanilla de la cabina, solo a unos miles de pies por debajo.

Con tan solo una hora antes del aterrizaje, se metió en la ducha intentando asimilar la idea de poder darse una ducha en un avión, y a continuación buscó su bolsa de maquillaje. Rara vez lo utilizaba, pero en aquella ocasión, un poco de sombra de ojos y de brillo de labios aumentarían su confianza y su valor.

Ponerse una de aquellas túnicas resultó ser un auténtico desafío. La prenda era larga hasta el suelo, de vaporosa seda negra bordada en oro en los puños y el cuello. El cuerpo se cerraba hasta el cuello e incluía un pañuelo a juego, pero ¿qué debía ponerse debajo? ¿Se suponía que era un vestido en sí, o debía llevarlo sobre otra cosa?

Aun en primavera, la temperatura del reino del desierto sería extremadamente alta, pero lo que había en el armario eran otras túnicas similares y una colección de delicada ropa interior cuyo encaje transparente le hizo ruborizarse.

Bastó con imaginarse llevando aquella mínima ropa interior con tan solo una capa de seda cubriéndola y teniendo que enfrentarse a Zane Khan de ese modo para que volviera a hiperventilar. Al final decidió ponerse sus braguitas y su sujetador de algodón, y uno de sus vestidos largos debajo de la túnica. Pensado para el verano de Cambridge y no para la primavera de Narabia, el vestido era mucho más grueso que la túnica, y hacía que esta le quedara un poco más ajustada, pero la capa adicional hizo que su pulso se ralentizara. Se recogió el pelo húmedo con una goma, se lo cubrió con el pañuelo de exquisitos bordados y ató los extremos bajo la nuca.

Una vez ocupó de nuevo el asiento, devoró aquel dramático paisaje con la mirada mientras el avión sobrevolaba una zona montañosa y comenzaba el descenso hacia un aeródromo desierto. Pero aunque el avión tomó tierra y se detuvo ante un hangar moderno de cristal y acero, su estómago no bajó con ellos.

Cuando Abdallah se presentó diez minutos después, Cat se había retocado el maquillaje dos veces, y se había preguntado unas cincuenta si debía salir sin más de la cabina. A ver si se habían olvidado de que estaba allí...

–Su Divina Majestad espera su presencia –anunció Abdallah, recogiendo su bolsa de viaje.

«Cálmate, y no olvides seguir respirando».

Se limpió las palmas sudorosas en la túnica y notó los bultos de su vestido debajo.

Al salir de la cabina, su mirada se tropezó con la de un grupo de hombres con túnica que aguardaban junto a la puerta del avión. O, mejor dicho, con la de un hombre en particular cuya estatura y anchura de hombros sobresalía de la de los demás.

«Respira, Cat. Respira».

Nunca había visto nada tan magnífico, ni tan masculino como el jeque de Narabia con su tradicional atuendo ceremonial. Unas botas de cuero que le llegaban hasta la rodilla brillaban a la luz cegadora del desierto que entraba por la puerta de la cabina. Los pantalones de algodón negro no se ajustaban a sus piernas, pero tampoco escondían los músculos que había debajo. Un fajín de seda del mismo azul extraordinario de sus ojos ofrecía una pincelada sorprendente de color en su cintura, mientras que una capa colgaba a su espalda hasta rozar las botas y cubría los hombros de la túnica negra que se abría en su pecho en forma de uve. Pero era el tocado, destinado a proteger del sol su cabeza y la parte posterior del cuello, sujeto con una banda dorada adornada con joyas ciñendo su frente, y los sables que brillaban a la altura de la cadera sujetos por un correaje de cuero que le cruzaba el pecho, lo que había dejado a Cat sin respiración.

«No me extraña que lo llamen Su divina Majestad».

No solo estaba magnífico, sino que parecía indomable, un hombre en armonía con su herencia y su masculinidad. Aquellos ojos del más puro azul horadaron la seda de la túnica, del tejido de su vestido veraniego y del algodón de la ropa interior hasta llegar directamente al corazón. Gracias a Dios que había decidido ponerse más capas, porque aun con ellas se sentía desnuda. Cada centímetro de piel palpitaba ante él.

–Doctora Smith –la llamó con su voz de barítono, y con un gesto de la mano le indicó que se acercara–. Veo que ha encontrado la ropa.

Todos sus sentidos gritaron al unísono, aunque no estaba segura de qué era lo que pretendían de ella: si que se arrojara en sus brazos o que saliera corriendo como alma que lleva el diablo en la dirección contraria, porque ambas opciones le parecían viables.

«Eres un gato, no un ratón. Muévete».

Respiró hondo y puso su mano en la palma de la de él. El jeque se colgó su brazo del suyo y se encontró obligada a avanzar.

–Vayamos al coche antes de que el avión se transforme en un horno –dijo, pero su tono desenfadado no la ayudó a calmar los nervios. No obstante, asintió.

Bajaron juntos por la escalerilla. El calor del desierto era sofocante aun a aquella hora de la mañana. El sol creaba espejismos sobre la pista y desdibujaba el horizonte, pero había aún más calor en el punto en que sus cuerpos se tocaban.

El sudor se le empezaba a acumular en el cuello y le caía por la sien, y el corazón le latía tan deprisa y tan fuerte que se preguntó si él lo estaría oyendo, porque sonaba como una ametralladora.

Fueron dejando atrás toda una legión de siervos y guardaespaldas, todos clavando la rodilla en el suelo al verlo pasar, y quizás como reconocimiento, Zane se detuvo a hablar con varias personas, presentándola a dos hombres en particular que identificó como jefes de su consejo. Cuatro vehículos aguardaban aparcados en fila detrás del comité de bienvenida, y resultaban un tanto incongruentes teniendo en cuenta la clase de poder antiguo al que honraban los presentes. Un guardaespaldas se apresuró a abrir la puerta de atrás del coche del centro, que parecía una mezcla de limusina y vehículo todoterreno y Zane se hizo a un lado y con un gesto del brazo, la invitó a precederlo.

Ella se agachó para entrar, pero se detuvo de golpe. Se había golpeado las rodillas con el asiento, enredados los pies en la túnica, apoyadas las manos en el cuero del asiento, mientras movía furiosamente los pies intentando liberarlos, pero lo único que consiguió fue perder las sandalias. La vergüenza le estaba abrasando por dentro, imaginándose a Zane detrás, viendo en primer plano su trasero.

Una risita grave hizo que su humillación fuese completa antes de que una mano le agarrase la pierna y que las sensaciones que le subieron por ella debilitasen aún más sus temblorosas rodillas.

–Estese quieta –dijo la voz–. Se ha enganchado el bajo.

Segundos después, aterrizaba en el asiento en un rebujo de seda, algodón, piernas y orgullo herido.

Rápidamente se incorporó, con las mejillas más calientes que el sol de Narabia a pesar del fresco del interior del coche. La risa se oía en el interior de piel del vehículo cuando la puerta se cerró tras ellos y el coche se puso en marcha.

–Bien hecho, doctora Smith –dijo el jeque. Obviamente se estaba divirtiendo de lo lindo a su costa.

Entonces lo miró a la cara. Parecía mucho más joven, casi un muchacho, con su expresión habitualmente tan severa suavizada por la risa, con los hombros sacudidos por la hilaridad, del tal modo que una carcajada se abrió paso en su garganta.

Cat se tapó la boca con la mano, pero fue incapaz de dejar de reírse y durante unos momentos, los nervios y la ansiedad que tenía en el estómago se disolvieron y se sintió como una niña, libre de la tensión sexual que había caracterizado todos los intercambios con Zane Khan hasta el momento.

–No me puedo creer que haya sido capaz de hacer el ridículo de ese modo.

–Yo tampoco –contestó él, ahogando aún la risa.

No podría decir por qué, pero Cat tuvo la sensación de que Zane Khan no se reía demasiado. La dignidad y el orgullo parecían ser un pequeño precio a pagar por lograr destruir su fachada de austeridad, aunque fuera solo un momento.

–Tenga –le dijo, ofreciéndole las sandalias–. Se le han caído.

–Gracias.

Y aún compartieron algunas risas más, pero al notar el calor que su mano había dejado en el cuero de la sandalia, la última risa murió en sus labios y el intenso sentido de intimidad descendió.

Sintió su mirada mientras ella manipulaba el bajo del vestido.

–Creo que ya sé cuál es el problema –dijo él.

–¿El problema? –inquirió Cat, y cometió el error de mirarlo.

No quedaba nada de la hilaridad infantil en él.

–Estas túnicas están diseñadas para ser llevadas con la menor cantidad de ropa posible debajo –¿era su imaginación, o su voz había descendido varias octavas?–. Añadir capas las hace más engorrosas y tiende a inhibir su efecto de frescor.

–Ah… ya.

El ladrillo caliente que sentía en el estómago cayó entre sus muslos y los pezones se le endurecieron durante el resto del trayecto sobre las arenas del desierto.

Lo que inhibió por completo el efecto de frescor.

«¿Pero qué demonios? Acabo de descubrir que soy fetichista de pies».

Zane iba absorbiendo el paisaje rocoso e inhóspito a medida que el coche ascendía por la colina y se lanzaba al valle en el que se situaba el palacio del jeque, y no podía dejar de sentir la presencia de la mujer que se mantenía inmóvil sentada junto a él… como tampoco podía dejar de notar una quemazón en la mano con la que le había sujetado la pierna. Ver sus pies desnudos cuando se ponía las sandalias no le había ayudado a contener el asalto de la lujuria. Que ya le venía atormentando desde que ella había salido de la cabina.

Lo que aquella hermosa túnica intentaba ocultar le resultaba aún más erótico que los vaqueros y el amplio jersey que llevaba el día anterior.

El palacio apareció, y la oyó contener el aliento. La enorme estructura de quinientos años de antigüedad, con sus torretas, mosaicos de azulejo, esmerados jardines interiores y arcos de intrincado labrado era un magnífico ejemplo de arquitectura árabe que dejaría sin palabras a cualquier visitante. Él mismo se había quedado mudo al verlo por primera vez dieciséis años atrás, siendo apenas un adolescente que había tenido que utilizar la beligerancia para ocultar su temor antes de descubrir que solo la tristeza y no la magia lo aguardaban tras aquellos muros dorados.

Se deshizo de aquellos recuerdos desagradables cuando el coche llegaba a Zahari, una pequeña ciudad que llevaba trescientos años arrimada a los muros del palacio. Comerciantes y clientes mantuvieron respetuosamente la distancia, inclinaron la cabeza e incluso se arrodillaron al ver pasar el vehículo.

–¿Es obligatorio para sus súbditos arrodillarse delante de usted?

La suave voz de Catherine Smith lo devolvió al

presente y avivó su entrepierna del mismo modo que estaba intentando ignorar desde que habían salido del avión. Iba a tener que controlar como fuera su reacción ante aquella mujer.

–No lo es –respondió con un tono más áspero de lo que pretendía.

No era culpa suya el efecto que tenía en su libido, lo mismo que tampoco lo era el delicado arco de su pie y los dedos rectos y delgados que se imaginaba lamiendo uno a uno.

El coche dejó atrás la avenida de palmeras, bordeó una fuente y se detuvo ante la escalinata de la entrada. Bajó del coche y le ofreció una mano a Catherine, pero volver a ver aquellos condenados pies hizo que le hirviera la sangre dentro de los pantalones.

Ella bajó del vehículo con mucha más gracia de la que había mostrado para entrar, pero el recuerdo de su trasero dibujado bajo la seda no sirvió precisamente para aliviar el calor que le inflamaba la entrepierna.

Tener a aquella mujer tres largos meses en el palacio iba a ser mucho más duro de lo que se había imaginado al ofrecerle el trabajo.

–Es incluso más hermoso de lo que me imaginaba.

Aquel sencillo comentario no pretendía ser erótico, pero le acarició la piel.

–Su Excelencia, bienvenido a casa –lo saludó el mayordomo. Tan eficiente e imperturbable como siempre, Ravi ni siquiera parpadeó al verla, o ante el hecho de que Zane hubiera vuelto de una reunión de negocios en el Reino Unido con una acompañante femenina. Ravi dio unas palmadas, dio órdenes a la fila de sirvientes y todos se apresuraron a descargar el equipaje.

–Le presento a la doctora Smith –dijo Zane–. Es una académica que va a escribir un libro sobre las costumbres de Narabia y su historia cultural. Se alojará en las dependencias de las mujeres.

«Tan lejos de mi yo fetichista de pies como sea posible».

–Sí, Su Excelencia –respondió Ravi antes de volverse a Catherine e inclinarse ante ella–. Si tiene la bondad de acompañarme, la llevaré a sus habitaciones.

–Yo la acompañaré –intervino Zane.

Catherine y Ravi lo miraron sorprendidos. Incluso él mismo lo estaba, ya que la etiqueta no requería que él acompañase a alguien de su nivel.

Pero descubrió que no podía lamentar su decisión cuando la condujo hasta la zona reservada al personal femenino del palacio y a sus propios parientes femeninos.

Desde que había llegado a Narabia, el palacio le había parecido una prisión. Su esplendor le resultó opresivo y su grandeza solo le servía para recalcar la infeliz historia contenida entre aquellos muros.

Pero cuando el perfume de las limas y los limones refrescó el aire que les rodeaba, y vio que el rubor de las mejillas de Catherine se intensificaba al tiempo que su mirada de color caramelo brillaba de fascinación, por primera vez en su vida fue capaz de ver más allá de la oscuridad.

Apartó aquel pensamiento romántico, decidido a no leer demasiado en la respuesta de Catherine.

Era la primera extranjera que veía aquel lugar desde su madre. Resulttaba comprensible que se sintiera deslumbrada. El palacio del jeque era una elaborada y hermosa prisión, pero prisión al fin y al cabo, algo que su madre había descubierto a sus expensas, y que Catherine, en su inocencia, no pudiera verlo, no significaba que no fuera cierto.

Y, a la postre, era su trabajo evitar que acabase descubriendo la verdad.

Caminar por el palacio del jeque era como entrar en un universo paralelo, tan exótico e hipnótico como Narnia al salir del armario.

A diferencia del resto del palacio, que emanaba tranquilidad y que estaba envuelto en una atmósfera reverencial, austera y solemne, la zona reservada a las mujeres era un hervidero de actividad y charla... hasta que las mujeres se dieron cuenta de la presencia del jeque.

Unas cuantas se cubrieron el rostro con el velo a su paso, pero muchas de las más jóvenes no lo hicieron, e incluso hablaron cubriéndose la boca con la mano mientras hacían una reverencia. Zane parecía imperturbable, pero para ella estaba claro que no era la única consciente de su magnífica figura.

La luz del sol la deslumbró cuando abandonaron el calor abrasador del patio delantero para entrar al jardín amurallado. Sombreado con toda clase de árboles frutales y de plantas verdes, por él se transitaba gracias a unos caminos de mosaico salpicados de fuentes y figuras ornamentales. Muchas mujeres, la mayoría ataviadas con túnicas de seda de brillantes colores, estaban sentadas en bancos de mármol labrado, y se levantaron de inmediato para hacer una reverencia al ver pasar a Zane.

Al girar en una esquina, se quedó boquiabierta. Una increíble poza alimentada por una cascada de agua azul verdosa se extendía ante ellos, creando un elemento de frescor central en el jardín. Por fuera el lugar parecía austero, pero aquel jardín era como un paraíso secreto.

Zane la guio por el huerto de cítricos que rodeaba la poza. El perfume refrescante de naranjas y limones inundaba el aire caliente y seco. Tomaron otro camino sombreado por altas palmeras a cuyos pies crecían con profusión toda clase de flores y arbustos recortados.

Por fin salieron del jardín y entraron a un patio fresco y sombreado por un techo pintado. Como el resto del palacio, aquella cámara estaba profusamente decorada con magníficos mármoles y suelos de mosaico. Zonas de descanso llenas de cojines y con exquisitos cortinajes de seda hacían que el espacio resultase acogedor en lugar de intimidante. Unos ventiladores que colgaban del techo refrescaban el ambiente. Su sonido amortiguaba el de las risas y las charlas que provenían del interior del edificio.

Unos airosos arcos partían de la cámara central. Cada una de las otras cámaras, más pequeñas, albergaba un grupo de mujeres atareadas en distintos quehaceres: un grupo se sentaba en un círculo en el suelo bordando un tapiz, otro cocinaba en una cocina equipada con la tecnología culinaria más moderna, y otra cámara parecía albergar un aula en la que una mujer escribía problemas de matemáticas en una pizarra blanca. Aquel microcosmos en que se mezclaba lo más nuevo con las artes tradicionales reflejaba la influencia de la modernización que el jeque quería imponer a la sociedad de Narabia. Pero como antes, toda conversación cesó al llegar ellos, lo cual la hizo consciente de hasta qué punto su pueblo reverenciaba a Zane, y del antiguo poder de siglos que emanaba de él.

¿Por qué se habría ofrecido a acompañarla? Porque estaba haciendo que se sintiera expuesta e invisible al mismo tiempo.

«Deja de esconderte y saluda al amigo de mamá».

Aquel recuerdo le hizo perder el paso.

–¿Está usted bien? –preguntó él, y se dio cuenta de que era la primera vez que hablaba desde que habían entrado al palacio.

–Sí, sí, estoy bien. Solo un poco cansada. Y deslumbrada, por supuesto.

Y desbordada por una simple cortesía. Obviamente, Zane se había ofrecido a acompañarla solo por ser amable. Y ella estaba haciendo una montaña de un grano de arena.

Él la miró atentamente antes de chasquear los dedos.

–¿Quién habla inglés aquí? –preguntó a un grupo de mujeres jóvenes que se habían congregado a cierta distancia para observarlos.

Una adolescente se acercó cubriéndose la parte inferior del rostro con el velo, pero con los ojos llenos de curiosidad.

–¿Cómo te llamas?

–Kasia, Su Divina Majestad –respondió en un inglés perfecto.

–Ella es la doctora Catherine Smith. La servirás durante el tiempo que se aloje aquí por el doble de tu salario actual. Asegúrate de que tenga cuanto desee y de que no salga sin ir acompañada. ¿Entiendes?

La chiquilla asintió con vehemencia y clavó una rodilla en el suelo. No contestó. Debía de estar obnubilada por que el jeque se dirigiera a ella. ¿Por qué tenía que ir acompañada a todas partes?

–Kasia te acompañará a tus habitaciones –dijo el jeque, dirigiéndose a Cat con aquella penetrante mirada suya capaz de silenciar todos sus pensamientos–. Te acompañará donde vayas. Es muy fácil perderse en este palacio.

La desilusión se vio aplastada por el pánico. ¿Acaso era capaz de leerle el pensamiento?

Detrás de Kasia, subió una escalera hasta un descansillo, donde se volvió a mirar por encima del hombro.

Zane Khan caminaba hacia la entrada de la zona femenina y su poderosa figura proyectaba una sombra oscura entre la ropa colorista de las mujeres y la flora exótica del jardín.

La suavidad que había creído percibir en el coche, había desaparecido nada más llegar al palacio. Allí era Su Divina Majestad, el hombre con derecho sobre todos los presentes... incluida ella.

Capítulo 3

DURANTE las dos semanas siguientes, Cat se zambulló en el proyecto, lo cual la ayudó a asentarse y a olvidarse de los descabellados sentimientos que la habían asaltado al llegar.

El primer trabajo que se impuso fue ganar fluidez en el manejo de la lengua hablada para no sentirse una intrusa. Aunque Kasia había exagerado un poco su competencia en inglés, hacía cuanto podía por integrarla en la sociedad femenina del palacio. Mientras ambas contrastaban sus respectivas competencias del idioma, enseguida pasaron a hacerse amigas, además de convertirse en una asistente de investigación impagable, fuente inagotable de documentación sobre las costumbres de Narabia.

Pero tanto Kasia como las demás mujeres a las que había entrevistado estaban menos informadas sobre la familia real narabita. Y sobre Zane en particular. Nadie parecía saber nada sobre su llegada al palacio, o sobre su relación con el jeque anterior. O bien habían recibido instrucciones de no decir nada.

Cat empezaba a convencerse de que estaba paranoica. ¿Por qué iba a haberla contratado Zane para hacer su trabajo si tuviera algo que ocultar? En particular, habiéndole organizado una serie de excursiones en busca de hechos que, a pesar de que le habían resultado informativas e interesantes en un principio, dos semanas después de tanta excursión tan perfectamente orquestada, habían hecho que sus sospechas iniciales volvieran a surgir. No podía hablar con nadie que no hubiera sido autorizado por el jeque, y nada de lo que dijera a los guardaespaldas o a los consejeros que la acompañaban lograba disuadirlos de cumplir puntualmente el programa.

No había vuelto a ver a Zane desde aquel primer día, y la entrevista que le había prometido no acababa de materializarse, y empezaba a sentirse frustrada. Su integridad académica estaba en juego. Y no solo eso. Podía mantener controlada la extraña reacción que había tenido ante él. No estaba acostumbrada a la atención masculina, y menos a la de un hombre que rebosaba suficiente testosterona para despertar a una piedra, pero no podía permitir que su ineptitud social arruinase aquel proyecto. Y solo tenía tres meses, así que no podía perder más tiempo.

Pero cada vez que le preguntaba a Ravi, el siempre educado y servicial mayordomo, recibía toda clase de excusas. Que Su Excelencia estaba demasiado ocupado. Que Su Excelencia estaba fuera del país. Que Su Excelencia no tenía tiempo para ocuparse de su proyecto aquel día...

Así que había decidido escribirle una nota recordándole su promesa de una entrevista.

Una escueta respuesta escrita en negro sobre un papel crema fue todo lo que obtuvo.

Ravi organizará una entrevista cuando yo tenga tiempo para concedérsela.

ZK

–El jeque te escribe como un amante.

Cat levantó la mirada y vio que Kasia sonreía.

–Yo diría que me escribe como un tirano –respondió, haciendo una bola con la nota y lanzándola a la papelera.

–¿Qué es un tirano?

Cat buscó la palabra en narabí, pero no la había porque «tirano» era un insulto, y, al parecer, ser un cretino estaba perfectamente bien si eras el jeque.

–Alguien que nunca te deja hacer lo que quieres hacer.

–¿Y qué es lo que deseas hacer?

–Necesito hablar con gente fuera de estos muros –contestó Cat–. Quiero entrevistar una sección mucho más transversal de la sociedad narabí.

También le gustaría entrevistar a Zane, pero seguramente eso estaba fuera del alcance de Kasia.

–¿Por qué no vas al mercado? Hay mucha gente allí.

–Ojalá pudiera, pero no puedo salir sin ir acompañada –protestó Cat. La frustración empezaba a serle insoportable–. Y en las visitas que hemos hecho hasta ahora, no me han permitido hablar con nadie como es debido.

–Podrías acompañarme a mí mañana para comprar las hierbas y las especias de la comida.

A Cat se le disparó el corazón. ¿Por qué había dado por sentado que Kasia no salía nunca del palacio?

–¡Una idea brillante! Gracias, Kasia.

La idea de poder alcanzar el siguiente nivel con la investigación hizo que el pulso le batiera en los oídos. Debería haber tenido el valor de hacerlo mucho antes. Al fin y al cabo, Zane no había especificado que no pudiera abandonar el palacio. No era él quien la había retenido, sino su propia conformidad. Y cobardía.

–Su Excelencia, hay noticias de las dependencias femeninas.

Zane alzó la mirada de la carta que estaba escribiendo para mirar a su mayordomo, que aguardaba de pie bajo el arco que daba paso a su despacho privado. Estaba muy serio y tenía las manos entrelazadas.

«Genial. ¿Qué demonios habrá hecho ahora?».

Catherine Smith estaba resultando ser mucho más problemática de lo que se había imaginado.

De ninguna manera iba a concederle una entrevista hasta no estar seguro de que podría controlar sus emociones, aquellas que le habían dejado estupefacto al llegar con ella.

–¿Qué ocurre, Ravi? Por favor, dime que no es otra vez la doctora Smith pidiéndome una entrevista, porque la respuesta sigue siendo no.

Y le había dicho a él que no quería que lo molestara con más peticiones, porque lo único que conseguía era desencadenar más deseos que ya le estaba costando un imperio contener.

–No, Su Excelencia –la expresión normalmente implacable de Ravi se llenó de preocupación–. Acaban de informarme de que la doctora Smith no está en el palacio.

–¿Qué? –un golpe de ansiedad le acertó en el centro del pecho–. ¿Y dónde demonios está?

–No lo sabemos, pero creemos que puede haberse ido al mercado de especias con su doncella, Kasia.

Zane se levantó de un salto con el corazón golpeándole las costillas como a su purasangre árabe, Pegaso.

–¿Cuánto tiempo hace que no está?

–Nadie la ha visto desde hace varias horas.

«Varias horas».

El corazón se le alojó en la garganta.

Cualquier cosa podía haberle ocurrido en ese tiempo. Catherine era una extranjera… ¿acaso hablaba su idioma con fluidez? Nunca debería haber salido por su cuenta. El pánico le cerró la garganta al recordarse a sí mismo, un muchacho en Los Ángeles, que se despertó en plena noche y se encontró solo en el apartamento de su madre. Un agujero negro se le abrió en el estómago, el mismo que se le perforaba cada vez que tenía que levantarse de la cama para ir a buscar a su madre a cualquiera de los bares del barrio.

«No es lo mismo, maldita sea».

Zelda era frágil, mental y físicamente, y alcohólica crónica. Catherine Smith no era nada de todo eso.

Pero el oscuro agujero se negaba a desaparecer aun cuando se dirigía hacia los establos del palacio.

Tenía que recuperarla antes de que pudieran hacerle daño.

–¿Por qué no se me ha notificado antes? –exigió saber.

–Lo siento, Su Divina Majestad –jadeó el mayordomo blanco de su ira y de su miedo.

–Prepárame una túnica y que ensillen a Pegaso –gritó a un mozo de cuadra.

–Su Excelencia, no es necesario que se aventure usted a salir –balbució Ravi–. Tengo lista a la guardia de palacio para que se desplacen de inmediato al mercado.

–Yo dirigiré la partida de búsqueda.

Ravi volvió con su túnica. Zane se la puso y se colocó la kufiya sujetándola a continuación con un *agal* antes de cubrirse la nariz y la boca. Era casi mediodía, así que iba a ser una cabalgada polvorienta y calurosa, pero de ninguna manera iba a permitir que la guardia del palacio dirigiera la búsqueda sin él.

Pegaso llegó y pateó el suelo abriendo los ollares mientras Zane se agarraba al pomo de la silla, metía el pie en el estribo y subía a lomos de su semental un segundo antes de que el animal saliera a galope del patio.

Los cascos de los caballos de los guardias repiquetearon detrás de él cuando las puertas del palacio ya se abrían.

El sol le cegó mientras Pegaso volaba, más allá de las murallas. El animal enfiló el camino de tierra hacia Zahari. La gente se dispersó, muchos se arrodillaron al reconocerlo. Al acercarse al laberinto de calles que conducían a la ciudad vieja y al mercado de mujeres, las sedas de colores de la ropa ondeando al viento como banderas, la ira tapó el agujero negro.

Cuando encontrase a Catherine, iba a sentir la fuerza de su furia por desafiar sus órdenes y por correr un riesgo innecesario.

Si es que la encontraba.

–Dice que Tariq era un jeque cruel –tradujo Kasia y Cat asintió mientras tomaba notas.

Llevaban más de dos horas en el mercado. Había tomado fotos de imágenes y sonidos increíbles, disfrutando de la ocasión de ver un lado de la sociedad narabí sin supervisión. Pero charlar con Nazarin, una comerciante de edad que regentaba un puesto, había sido la primera oportunidad que había tenido de hablar con alguien sobre el reinado de cuarenta años de duración de Tariq Ali Nawari Khan.

Nazarin tenía las manos agarrotadas y teñidas de los años que llevaba tiñendo tejidos para venderlos en el mercado. Su acento era demasiado duro como para que ella pudiera entender lo que decía, pero la traducción de Kasia la estaba ayudando a entender de primera mano algo de la familia Nawari, gracias a la experiencia vivida en primera persona al ir al palacio a entregar sus telas.

–Dice que era muy cruel con su hijo –añadió Kasia.

Cat levantó la cabeza.

–¿Con Zane?

La mujer se quedó un momento inmóvil, sorprendida de oírla hablar con aquella familiaridad, pero enseguida asintió y soltó una larga parrafada que Cat no logró comprender y hubo de esperar a que Kasia terminara de oír las palabras de Nazarin.

–Dice que sí, que con el nuevo jeque –confirmó, con los ojos muy abiertos por la sorpresa–. El que estuvo en Estados Unidos. Cuando el chico vino al palacio, dice que intentó escaparse en muchas ocasiones, y que fue castigado con dureza por su desobediencia.

–¿Castigado? ¿Cómo?

¿Por qué habría intentado escapar? ¿Acaso habría sido llevado a Narabia contra su voluntad?

A menudo se había preguntado por las razones que habrían empujado a su madre a renunciar a la custodia de Zane en favor de su esposo. Zelda Mayhew Khan había huido de Narabia poco después del nacimiento de Zane, llevándose al niño con ella. Estaba claro que el romance de cuento de hadas con el jeque no había terminado bien. La actriz nunca había hablado en público del tema, y había intentado encontrar trabajo, pero solo para acabar encadenando una larga lista de detenciones por consumo de drogas y conducta desordenada cuando Zane era un adolescente, de modo que aparentemente tenía sentido que el padre se hubiera quedado con la custodia, pero ella no había sido capaz de encontrar el acuerdo formal de custodia, o una orden de un tribunal declarando a Zelda una madre incapaz, durante su investigación inicial. Y se había preguntado cómo sería para un chaval que seguramente viviría con una mínima supervisión de su madre, encontrarse de pronto en Narabia, donde las costumbres y la cultura eran mucho más restrictivas. Pero no había sospechado algo así.

Estaba intentando formular una pregunta cuando una de las nietas de Nazarin entró a todo correr.

–¡Tienes que irte! El jeque viene a caballo con sus hombres –dijo, dirigiéndose a Kasia.

–Tenemos que irnos. Ha venido a por ti.

¿Por qué? ¿Y por qué tenía la impresión de que la respuesta a esa pregunta no iba a ser buena?

No quería marcharse. Tenía aún tantas cosas que preguntarle a Nazarin... pero el miedo de su nieta era patente, y la preocupación de Kasia también, y no quería causarles problemas. Aquello tenía que ser un malentendido. Zane le había dicho que no fuese a ningún sitio sola, pero estaba con Kasia. De todos modos, habría podido hablarle de aquella salida de no haberse mostrado tan reacio a hablar con ella.

Dio las gracias a Nazarin y salieron apresuradamente al patio. Se subió el pañuelo y se protegió los ojos del sol del mediodía, que a esas horas era abrasador. El mercado de las especias había cerrado hacía una hora ya, el calor era insoportable y solo algunas personas quedaban por allí, pero varios ciudadanos salieron de sus casas al oír el golpeteo de los cascos de los caballos.

La respiración se le alborotó al ver a seis jinetes en la colina que había al lado del mercado. Al frente de ellos había un monstruoso caballo negro, montado por un diestro jinete que lo detuvo justo delante de Kasia y de ella.

Los cascos del caballo quedaron a un par de metros de los pies de Cat, que retrocedió. Habría reconocido a Zane Khan en cualquier parte, aun cubierto como iba.

Al parecer, los presentes también porque estaban cayendo de rodillas, incluida Kasia. Ella permaneció de pie, rígida, con algo parecido a la admiración.

Zane se descubrió la cara y se inclinó hacia ella. Sus ojos azules brillaban de ira, lo que a Cat le sorprendió tremendamente. ¿Por qué parecía tan furioso?

El semental pateó el suelo como imitando la agitación de su amo, que le tendía una mano enguantada.

–Arriba. Vamos.

Seguramente habría hecho lo que le pedía. No había ido al mercado con idea de molestarlo. Desde luego no pensaba que fuera a salir a buscarla. Al fin y al cabo, había estado tan ocupado que no había podido ni dedicarle unas horas.

Pero algo en su interior se rebeló al oír semejante orden. Estaba allí para hacer un trabajo. ¿Qué problema tenía con eso?

–No he terminado. Aún tengo trabajo aquí –dijo, entrelazando las manos a la espalda.

La maldición de Zane fue como un misil disparado en la quietud de la tarde y Cat se encogió.

¿Qué estaba haciendo? Quizás lo mejor sería hacer lo que le ordenaban y hablar de aquello en un sitio menos público, ¿no? Pero antes de que hubiera tenido ocasión de reconsiderar su posición, le vio pasar una pierna por encima del pomo de la silla y saltar.

Se acercó invadiendo su espacio personal, tan alto, vibrando con una furia inconfundible.

–Te vas a subir a ese maldito caballo sin discutir –dijo tan bajo que solo ella pudo oírlo–, o habrá consecuencias.

El deseo de calmarlo se desvaneció. Ella había dejado bien clara su postura durante semanas, paciente y educadamente, y se negaba a ser tratada como una niña desobediente por intentar hacer su trabajo.

–Deja de acorralarme –le espetó–. No voy a tolerarlo, por mucho que sea más pequeña, más débil y mucho menos poderosa que tú –rebatió, intentando mantener la voz serena, o tan serena como se lo permitía el corazón que se chocaba contra las costillas con más fuerza que los cascos de su caballo–. He venido aquí a hacer un trabajo... y, si no es eso lo que quieres, no deberías haberme contratado.

El rostro de Zane se endureció. Un músculo empezó a temblarle en la mejilla con tanta violencia que a ella le sorprendió que no se le desencajase la mandíbula. Sus ojos se volvieron negros, y la miró de arriba abajo con tal calor en la mirada que hubiera sido capaz de incinerar sus terminaciones nerviosas.

Una tensión insoportable se apoderó de ella. Su

intenso olor a jabón, caballo y hombre llenó sus sentidos, y el deseo le corrió por las venas.

¿Qué estaba pasando? ¿Cómo podía excitarle semejante comportamiento?

Pero entonces vio brillar la misma pasión en sus ojos, y la confusión se transformó en pánico. ¿Habría adivinado la reacción de su cuerpo?

–Esto no ha terminado –le espetó Zane, antes de tomarla en brazos.

Ella tuvo que agarrarse a su cuello cuando él la levantó como si no pesara nada y la soltó en la silla de su caballo. Ella se agarró al pomo, con las faldas hasta las rodillas y el corazón latiéndole con tanta fuerza que no podía oír nada más. El caballo hizo una cabriola y ella apretó las rodillas para no caerse.

Una mano grande se colocó delante de la suya y Zane saltó a la grupa con un movimiento fluido y sus piernas la rodearon, lo mismo que su olor.

El caballo se lanzó hacia delante y Cat dejó escapar un grito.

–Tranquilo, Pegaso –le dijo él, con su cálida respiración en el cuello de Cat al tiempo que le rodeaba la cintura con un brazo y con la otra mano empuñaba las riendas.

Cat era brutalmente consciente de hasta qué punto sus cuerpos se tocaban. Su pecho era un sólido muro de músculos en su espalda, sus muslos apretaban los de ella, manteniéndola anclada, y su entrepierna presionaba íntimamente su trasero.

Su tamaño y fuerza le resultaban impactantes, casi tan sobrecogedores como la brutal excitación que había surgido de quién sabe dónde y que parecía incapaz de controlar. Casi en trance oyó cómo ladraba una orden en narabí y vio que uno de sus hombres subía a Kasia a la grupa de su montura.

De pronto Pegaso se lanzó hacia delante y rompió a galopar. Su trasero rebotó sobre la silla y sus pechos rozaron el antebrazo de Zane, que controlaba al animal con una sola mano.

Salieron del mercado colina arriba, y le sorprendió lo seguro que parecía aquel enorme semental marchando sobre la arena y las piedras hasta tomar el camino de vuelta al palacio.

Y ella, mientras su cuerpo ardía dondequiera que entrase en contacto con el de él, no dejaba de repetirse las palabras que Zane había pronunciado antes de subirla al caballo: «Esto no ha terminado».

Y no podía dejar de preguntarse por qué aquellas palabras dichas en un susurro le habían sonado más a promesa que a amenaza.

Zane estaba tan enfadado cuando llegaron a los establos que apenas podía respirar, y menos aún pensar, y para colmo cada vez que con gran esfuerzo lograba hacer que el aire le llegara a los pulmones, lo hacía cargado de un perfume limpio y refrescante con olor a camomila y miel.

La había tratado con dureza, la había menospreciado, y ella le había plantado cara, pero es que... demonios, estaba aterrado por que hubiera podido ocurrirle algo. Recuerdos de su madre y de cómo la había fallado no dejaban de atormentarlo mientras volaba en dirección al mercado para encontrarla.

Quizás había reaccionado en exceso. Pero de vuelta al palacio, con sus curvas maduras dando botes en sus brazos, con ese provocador perfume invadiendo sus sentidos, su lucha por contener el miedo se había transformado en otra cosa mucho más volátil.

Pegaso aminoró la marcha al entrar en el patio, y uno de los mozos del establo se acercó rápidamente a sostener las riendas mientras él desmontaba. Luego sostuvo a Cat por la cintura y la bajó del caballo, y su temperamento volvió a calentarse al ver que la capucha de la túnica se le había bajado y el pelo, que ella se había recogido para no llamar la atención de los guardias, empezaba a escapársele del moño.

La sangre se le concentró en el vientre y maldijo el efecto que tenía en él.

El miedo volvió a apoderarse de él y, agarrándola por la muñeca, tiró de ella hacia sus estancias privadas.

–¿Dónde vamos? –preguntó Cat, echándose hacia atrás e intentando aminorar el paso.

Pero él no cedió.

–A un lugar con intimidad –respondió como pudo. Ya no estaba seguro de si estaba enfadado con ella o consigo mismo.

Entraron en sus habitaciones, hizo salir a los guardias y cerró de un portazo.

–No vuelvas a salir así del palacio –le espetó, controlando sus ganas de gritar.

Ella pareció encogerse, pero en lugar de retroceder, en lugar de darse cuenta de que no era buen momento para desafiarlo, hizo lo mismo que en el mercado: levantó la cabeza y se irguió.

–¿Por qué no?

–Porque eres una mujer sola en un país extranjero y no es seguro. Creía que eso te habría resultado evidente ya –dijo, de nuevo enfadado. Rara vez tenía que dar explicaciones.

–Soy una académica. Tengo que poder hacer la investigación que sea necesario hacer, y no estaba sola. Estaba entrevistando a una mujer de setenta años con la ayuda de Kasia. ¿En qué sentido puede ser eso peligroso?

El rubor que teñía sus mejillas y el desafío que brillaba en sus ojos la hacían más atractiva aún.

«¡Céntrate, maldita sea!».–Eres vulnerable. No deberías haber ido con Kasia al mercado y sin protección. No sabes nada de nuestras costumbres, ni de nuestra cultura.

–¿Y de quién es la culpa de eso? –le espetó con firmeza–. Me has traído aquí para que haga un trabajo que después no me permites hacer.

–Lo he dispuesto todo para que veas lo que necesitas ver –respondió él, molesto por un matiz defensivo que percibió en su voz–. Con la debida protección.

–No. Lo que has intentado es dirigir lo que puedo ver, y te has negado permanentemente a darme acceso a tu pueblo. Y a tu persona –respiró hondo–. Estoy empezando a pensar que intentas ocultarme algo. Que nunca has pretendido que escriba la verdad.

Dado que aquella acusación era demasiado intuitiva, se vio obligado a cambiar de enfoque.

–¿La verdad? –se burló. El control que a duras penas mantenía se quebró como una rama seca bajo su bota y el deseo campó por sus venas como el fuego–. Eres demasiado inocente como para manejar la verdad sobre mí y sobre lo que llevo dos semanas soñando con hacerte.

El rubor le llegó entonces a Cat hasta la raíz del

pelo, pero en lugar de acobardarse o de disgustarse por su revelación, que era lo que debería haber sucedido, sus ojos se oscurecieron y las pupilas se dilataron. Allí tenía cuanta prueba pudiera necesitar de que estaba tan excitada como él. La lujuria crepitó en el aire como un fuego en el monte que amenazase con descontrolarse.

–¿Has estado soñando conmigo? –preguntó en voz baja y de un modo que no debería haber sonado provocativo, pero que así fue como sonó.

–Sí, maldita sea –contestó él en un tono que era apenas un susurro, maduro con la necesidad que ya no podía disfrazar.

Un calor abrasador recorrió a Cat por dentro. No debería haberle hecho esa pregunta, y mucho menos debería desear conocer la respuesta, pero su cuerpo, asediado por las feromonas que lo habían hecho vibrar durante la cabalgada de vuelta del mercado, ejercía el control.

–No sabía que a ti también te pasaba –balbució.

Maldiciendo, Zane la agarró por un brazo y tiró de ella. Cat sintió su erección junto a su vientre y la pasión voló por sus venas. Con el nudillo rozó su barbilla y la hizo mirarle.

–Pues ahora ya lo sabes.

Ella asintió. Hubiera querido decirle que se sentía avergonzada por su comportamiento en el mercado, pero es que ya no se sentía así ni de lejos. Lo que se sentía era entusiasmada e increíblemente excitada.

La seda de la túnica le parecía una camisa de fuerza por las ganas que sentía de arrancársela y que él pudiera acariciar su piel desnuda. Nadie la había mirado nunca con semejante pasión, con tal apetito.

–Soñaba con que tu piel sería tan suave como es –murmuró él, rozando su mejilla con el pulgar.

Sus pupilas se dilataron ocultando el azul imposible de sus iris. Y la sensación que estaba teniendo en el centro de su ser le humedeció las braguitas. Los pezones se volvieron dos picos endurecidos y la respiración se le atascaba en los pulmones.

Él hundió las manos en su pelo y rozó suavemente sus labios, pero no hizo el movimiento final. Cat se dio cuenta entonces de que la estaba esperando, que aguardaba a que ella hiciera su elección.

Todas las razones por las que no debería besarlo se le pasaron por la cabeza, pero ninguna pudo negar el hambre que palpitaba en el centro de su ser así que, de puntillas, se agarró a su cintura y tiró de él.

Vio que se le abrían los agujeros de la nariz como un semental que presiente a su hembra, y dijo algo en narabí antes de que su lengua le acariciara los labios pidiéndole que la dejase entrar y, al hacerlo, exhaló el aire de los pulmones.

Aquel fue el permiso que necesitaba para tomar el control del beso. Hundió la lengua para explotar dentro de su boca. Ella lo saboreó, insegura al principio, pero pronto encontró un ritmo peligroso que atizó el calor que sentía dentro, transformándolo en un infierno.

Zane se separó de su boca y apoyó la frente en la suya.

–Esto no está ocurriendo… –gimió.

Ella quería contradecirlo, quería pedirle más… pero al aferrarse a su camisa sintiendo cómo su sexo se contraía y se relajaba con el deseo de sentir aquella enorme erección dentro de sí, todas las razones por las que sabía que no debían hacerlo volvieron como sube la marea.

Se soltó de su abrazo, sintiéndose avergonzada y estúpida.

–Lo siento. Yo no pretendía...

No consiguió acabar la frase. Siempre había dado por sentado que no se parecía a su madre, que nunca se dejaría gobernar por los deseos, que nunca haría algo irreflexivo, alocado o egoísta solo para satisfacer una necesidad física. Pero acababa de hacer esas tres cosas y no había excusa.

–He traspasado la línea, y no debería...

–Shh –él le pidió silencio rozando de nuevo su mejilla con el pulgar–. No lo has hecho tú sola –añadió, pasándose las manos por la cara–. Deberías irte.

Ella asintió. Había cometido un terrible error, y ahora tenía que asumir la responsabilidad de sus actos.

–¿El pro... proyecto? –balbució, angustiada por la posibilidad de haber sacrificado una maravillosa aventura en aras de una necesidad que ni siquiera comprendía.

–Podemos hablar de ello mañana –contestó él.

Había sido claro e inequívoco, y una parte de sí misma sabía que debería estarle agradecida.

Le estaba permitiendo marcharse con la dignidad intacta, y, cuando al día siguiente tirara a la papelera su contrato y la devolviera a Cambridge, podría engañarse pensando que al menos parte de su integridad profesional seguía intacta, pero, cuando salió a toda prisa hacia la zona de las mujeres, no sentía agradecimiento alguno. Solo se sentía perdida y confusa, porque aquel inesperado deseo seguía palpitando en su interior como una herida.

Capítulo 4

ME HAN informado de que querías verme –dijo Cat, dolorosamente consciente del martilleo de su corazón cuando se cerró la puerta del despacho de Zane a su espalda.

Zane la miró fijamente, tan atractivo como siempre con el sol entrando por el ventanal. Potente, provocativo e intensamente excitante, verle le recordó lo que ambos habían compartido apenas un día antes.

–Querías entrevistarme –contestó–, y he decidido permitírtelo.

–Tú... ¿qué?

Se había pasado la noche temiendo lo que fuera a decirle. Para ella siempre había sido sencillo mantener la necesaria distancia profesional, pero desde el principio aquel proyecto había sido distinto. Se había involucrado emocionalmente, y ahora también físicamente, y estaba convencida de que la habían hecho acudir a aquel despacho para que pudiera darle órdenes para la partida.

–Tú... –balbució–, ¿tú vas a concederme la entrevista? ¿Ahora? ¿Después de lo que pasó ayer?

–Sí.

–Pero... ¿por qué?

–¿Por qué no?

–Porque… nos besamos –respondió Cat, secándose las palmas de las manos en la túnica.

–Ya sé que nos besamos –replicó él, sonriendo de medio lado–. ¿Crees que se me ha olvidado?

Cat se cruzó de brazos y volvió a descruzarlos porque el recuerdo de lo sensibles que tenía los pechos no la ayudó precisamente a centrarse en aquella situación.

–No, pero es que… no creía que quisieras que continuase con el proyecto.

–¿Por qué no iba a querer?

–Porque, para que tenga credibilidad, tengo que ser una observadora imparcial, y no estoy segura de que pueda serlo. Al besarte lo he comprometido todo…

–Basta –la cortó él, alzando una mano con la arrogancia de un hombre nacido para crear reglas, no para obedecerlas–. Estás exagerando.

–¿Ah… sí? –ella enrojeció.

–Fue un beso, Catherine –dijo Zane como quien describe algo que carece de importancia–. Nada más. Y no volverá a ocurrir. Por supuesto que puedes seguir siendo imparcial. Y ahora, ¿quieres seguir adelante con el proyecto, sí o no?

–Yo…

No sabía qué decir. Ni qué pensar. Se había convencido de que la respuesta debería ser no, pero ahora que le había dado una oportunidad que no esperaba, no se encontraba capaz de pronunciar la palabra.

–¿Y bien?

–Sí, quiero continuar. Lo deseo.

Iba a ser fascinante contar la historia de Narabia, y quería ser quien la contase. Pero, cuando él alargó un brazo para invitarla a sentarse al otro lado de la mesa, supo que no era esa la única razón por la que quería quedarse en Narabia. No eran solo los misterios de aquella hermosa tierra lo que quería descubrir, sino también los del hombre que la dirigía.

–Entonces, siéntate y continuemos.

Se obligó a sentarse donde le había indicado. Quizás el miedo del día anterior, la vergüenza y las recriminaciones con los que se había pasado la noche torturándose, eran simplemente resultado de su inexperiencia crónica. Nunca la había besado un hombre como él, jamás había sentido un deseo tan intenso y hondo. Pero obviamente a él no le parecía gran cosa.

–Bueno, ¿qué es lo que querías preguntarme?

Parecía tan sereno, tan confiado e implacable... todo lo contrario de como se sentía ella. Pero también todo lo contrario al hombre con el que se había besado con tanta pasión.

«¡Deja de pensar en el beso!».

Sacó el cuaderno y el lápiz que llevaba en el bolsillo de la túnica, y recuperó la compostura mientras rebuscaba en las notas que había tomado el día anterior en el mercado. Carraspeó. Iba a hacerle unas preguntas extremadamente personales, pero le había dado permiso para hacérselas, ¿no?

–Creo que mis primeras preguntas van a ser sobre cómo fue tu llegada a Narabia con solo catorce años. ¿Hubo alguna vista por la custodia en Los Ángeles? No he podido encontrarla. ¿Pudiste dar tu opinión en el cambio de custodia de tu madre a tu padre?

Un músculo tembló en el mentón de Zane y enarcó las cejas. Su expresión se volvió tormentosa, pero el dolor que transmitía no admitía confusión posible. Eso sí, la enmascaró enseguida.

Cat experimentó una brutal conexión con sus sentimientos, y su reacción le ofreció respuesta a una de las preguntas que tenía planteadas: si era o no capaz de reconstruir la objetividad después del beso del día anterior.

Porque la respuesta era un categórico no.

Zane intentó controlar su expresión, porque le ardían las entrañas. Y el sudor había empezado a humedecer su labio superior.

La noche anterior se había despertado dolorosamente excitado, con el sabor de Cat aún en los labios. Y allí, tumbado en la cama mirando al techo, había decidido que no quería que se marchara. Se había dicho que la razón era que el proyecto era demasiado importante, y que además sería capaz de controlar su deseo por ella como todo lo demás de su vida. Pero en aquel momento ya no estaba tan seguro.

Había decidido concederle la entrevista para restablecer límites claros, pero resultaba obvio que se había confundido, y que no había sido del todo sincero consigo mismo.

¿Cuál era la verdadera razón de que quisiera que se quedase? ¿El proyecto, o un sabor que no parecía capaz de olvidar?

Y ahora aquello... justo cuando creía haber contenido el problema, le explotaba en la cara.

Ella lo miraba con compasión y preocupación, como si pudiera leerle el pensamiento y ya tuviera las respuestas que él no tenía intención de ofrecerle.

No quería que siguiera con aquella línea de preguntas, pero tampoco podía bloquearlas sin que pareciera que tenía algo que ocultar.

–Las cuestiones de la custodia se arreglaron en

privado –tragó saliva ante los recuerdos–. Mi madre era… ya no era capaz de manejarme. Como la mayoría de los adolescentes, yo estaba… –hizo una pausa. Asustado, solo, confundido– algo fuera de control, y necesitaba una mano firme.

Se encogió de hombros, pero el movimiento resultó rígido y poco convincente. Aún le dolía la espalda y los hombros por aquellos verdugones, por el dolor brutal que le habían infligido con tanto disfrute.

–Mi padre me inculcó la disciplina que ella no pudo.

–¿Fuiste feliz al llegar aquí, a Narabia?

–Por supuesto –volvió a mentir él, molesto consigo mismo no solo por haberle dado la oportunidad de hacerle aquellas preguntas, sino por haber estado a punto de ceder a la tentación de contarle la verdad–. Pero dime, ¿en qué sentido exactamente son relevantes mis sentimientos de muchacho en este proyecto? –contraatacó.

Cat miró su cuaderno un instante, pero, cuando volvió a levantar la mirada, Zane pudo ver que la compasión seguía en sus ojos.

«Maldita sea».

–Porque, en muchos sentidos, tu viaje es el mismo que el mundo exterior va a experimentar. Tu historia es la historia de Narabia.

–¿A qué te refieres?

–Pasaste los primeros catorce años de tu vida en Estados Unidos –explicó ella–. Cuando viniste aquí, no podías estar preparado para el inmenso cambio cultural que ibas a experimentar. ¿No trata este proyecto de darle al mundo exterior la misma y única experiencia que tú tuviste hace dieciséis años? La posibilidad de descubrir los mismos secretos, de explorar los mismos misterios que tú te encontraste al llegar aquí.

«De ninguna manera».

La idea le horrorizó.

Lo último que deseaba era que el mundo conociera las circunstancias de su llegada a Narabia.

El objetivo de aquel proyecto era exorcizar el dolor, ocultar la sórdida verdad y encerrar su pasado en un lugar en el que nadie pudiera encontrarlo jamás, pero al mirarla, al encontrarla tan expectante, tan deseosa de que se abriera a ella, no fue capaz de aplastar la esperanza que brillaba en su mirada.

–Lo que pienso es que no sería buena idea que yo fuera el eje de este proyecto, Catherine.

–¿Por qué?

Seguía deseosa, seguía convencida, y no iba a quedarle más remedio que ser implacable.

Algo estaba ocurriendo allí que era mucho más inquietante que aquel condenado beso. Algo que podía ser mucho más peligroso.

–Porque la gente podría preguntarse por qué encuentras mi historia tan fascinante. Sobre todo si descubrieran que tu conducta aquí no ha sido siempre profesional.

Ella se quedó inmóvil, y su expresión pasó a ser de vergüenza y humillación.

–Sí, sí, claro… –se aferraba a su cuaderno con tanta fuerza que era de extrañar que no se partiera en dos–. Veo lo que quieres decir.

En realidad, no estaba seguro de que lo supiera, porque no había nada en el mundo que deseara más en aquel momento que terminar lo que habían empezado el día anterior. ¿Se imaginaría que no era la única que se esforzaba por mantener las distancias?

–Me preguntaste en nuestra primera entrevista si

podrías tener acceso a los pergaminos antiguos de Narabia –recordó. Quizás fuera la solución–. Le he pedido a Ravi que te facilite ese acceso –no lo había hecho, pero lo haría–. Esos pergaminos serán un eje mucho menos comprometedor para tu investigación.

Los documentos eran la base de la Constitución de Narabia, con su conjunto de leyes y usos, y en ellos no encontraría nada que pudiera conducirla al tema de su pasado.

–Oh, sí... eso está... eso me será muy útil –dijo al fin, pero su cortesía no logró disminuir en nada el sonrojo que le cubría la piel–. Gracias. Estoy deseando leerlos –añadió, ausente la pasión que había mostrado un instante antes.

Intentó no lamentarlo. Catherine Smith lo había cautivado, y era mejor admitirlo ya. Aquella fascinante mezcla de inteligencia e inocencia, aderezada con su apasionada respuesta a sus besos. Y se quedaría allí durante varios meses. Las posibilidades de que pudieran mantener a buen recaudo el apetito que se había desencadenado entre ellos eran de entre una y ninguna, pero antes de permitir que ocurriera algo entre ellos, quería estar seguro de que podía controlar las consecuencias.

Desde luego no podía permitir que volviera a estar a punto de desenmascarar la debilidad que su padre con tanto ahínco había intentado arrancarle: la necesidad, la soledad, el deseo del apoyo y del amor incondicional que lo había socavado siendo niño, porque eran las mismas debilidades que lo habían dejado indefenso y que tan cerca habían estado de destruirlo dieciséis años atrás.

Capítulo 5

CAT BOSTEZÓ y se frotó los ojos. Le escocían de leer a la luz de aquella lámpara. Apartó la mirada de aquellas antiguas transcripciones y la puso en la pálida luz de la luna que entraba por los calados geométricos de las contraventanas que protegían los preciados documentos de la biblioteca.

Kasia estaba tumbada en el diván que había enfrente, y se había quedado dormida poco después de que hubieran cenado en la antecámara de la biblioteca.

Estiró el cuello y notó por primera vez lo tenso que lo tenía. Miró la hora en el teléfono. ¿Las diez ya? ¡Llevaba cuatro horas descifrando aquellos textos y tomando notas! No era de extrañar que tuviera el cuello como si le hubieran hecho un nudo.

Respiró hondo y enrolló el pergamino con cuidado de no hacer pliegues en el lino que se usaba para absorber la humedad, y lo ató con el lazo. A continuación lo colocó en el ornamentado escritorio y cerró la llave.

Llevaba ya cinco días estudiando los pergaminos y tenía una buena cantidad de notas que transcribir al día siguiente en el despacho que se había dispuesto para ella en el ala de las mujeres. Pero por el momento, ya estaba bien. Kasia necesitaba irse a la cama, y ella también.

Despertó a su asistente y amiga y volvieron por el laberinto de corredores. Quizás fuera porque Kasia estaba medio dormida, pero cuando llevaban ya caminando veinte minutos, tras cruzar varios jardines amurallados y una serie de caminos cubiertos, Cat comenzó a sospechar que se habían equivocado en algún punto.

–¿No deberíamos haber llegado ya a la zona de las mujeres? –preguntó en voz baja.

Kasia giró sobre sí misma. Ante ellas había dos puertas, una de las cuales resultaba imponente, muy ornamentada y cubierta con una pieza de bronce repujado.

–Creo que nos hemos perdido… –confirmó Kasia, y señaló a la puerta más decorada–, pero esta parece más interesante –dijo, abriéndola. Daba paso a un tramo de escaleras y comenzó a subir–. Vamos a explorar. Estamos en el palacio viejo. Esto le vendrá bien a tu investigación, ¿no?

–Espera, Kasia. No tenemos permiso para estar aquí –le dijo en voz baja, pero echó a andar tras ella. No quería despertar otra vez la ira de Zane.

–Si estuviera prohibido, la puerta habría estado cerrada –respondió Kasia en un susurro, y su silueta desapareció en la curva de la escalera de caracol.

Cat se apresuró para no perderla. No deberían estar haciendo algo así, pero tampoco podía contener la emoción ni la curiosidad. Llegaron al final de la escalera y abrieron otra puerta.

Oyó que Kasia contenía el aliento y sus propios pulmones dejaron de funcionar durante un par de segundos. La luz de la luna bañaba la estancia con un resplandor plateado, una luz que no disminuía ni un ápice la sobrecogedora belleza del mosaico salpicado de oro y piedras preciosas que cubría sus paredes. Un balcón daba al jardín que no ofrecía colores en la oscuridad, pero el runrún del agua de las fuentes y el perfume de las flores la convencieron de que la vista sería magnífica a la luz del día.

Kasia abrió los brazos y giró lentamente en el centro de la estancia.

–Este es el salón de la reina. Había oído hablar de él muchas veces, pero nunca lo había visto.

–¿Cómo lo sabes?

–Por su belleza. Ven, exploremos más.

Se acercó a una cómoda y encendió una lámpara.

Las piedras preciosas brillaron con su luz. Unas polvorientas sábanas cubrían los muebles, que obviamente no se habían usado desde hacía años. Aun así, había unos innegables toques más modernos. Un antiguo tocadiscos descansaba en una estantería llena de libros, y un hermoso diván estaba cubierto por un edredón decorado con barras y estrellas, y el resultado no podía ser más incongruente junto al resto del diseño del salón.

–¿A qué reina pertenecía este lugar? –preguntó Cat, aunque ya conociera la respuesta.

–A la reina Zelda –respondió Kasia, dirigiéndose a un arco que había al otro lado de la estancia sin que sus pasos resonaran en el silencio, ya que el suelo se hallaba cubierto de alfombras de seda. Su exclamación empujó a Cat a hacer lo mismo.

Allí había una magnífica colección de túnicas. Debía de ser el vestidor de la reina. Estaban confeccionadas de una seda similar a la que ellas dos llevaban, pero aquellas prendas profusamente bordadas eran completamente transparentes.

Cat se sonrojó.

–Fíjate qué maravilla –se extasió Kasia, y Cat tocó la seda.

–¿Sabes algo del tiempo que la reina Zelda pasó en el palacio?

No se le había ocurrido pensar que pudiera saber algo de la madre de Zane. Zelda había abandonado Narabia cuando él era aún un bebé. Además, a Kasia le encantaba parlotear sobre todas las mujeres que habitaban su ala del palacio, pero nunca había hablado de la familia real. Nadie lo había hecho, en realidad.

–Solo conozco las historias que se cuentan.

–¿Qué historias?

–Dicen que Tariq construyó esta cámara para ella cuando estaba embarazada. No quería que bebiera el vino que tanto le gustaba. Y, cuando llegó un momento que se puso muy triste, no le permitió salir.

–¿Me estás diciendo que la retuvo aquí en contra de su voluntad? –se sorprendió Cat.

Kasia asintió.

–Sí, eso es lo que dicen. Que la retuvo aquí encerrada durante muchos meses hasta que el nuevo jeque nació… como una hermosa ave encerrada en una jaula de oro.

El entusiasmo que ponía Kasia en la historia hacía que pareciera el argumento de una novela de pacotilla, o de un romance gótico, pero había algo en aquella cámara, en su agobiante belleza, en un perfume a almizcle blanco que perduraba en el ambiente, que hacía que resultara opresiva y desesperadamente triste.

Si Tariq había retenido a Zane allí en contra de su voluntad siendo un adolescente, ¿no era posible también que hubiera retenido de igual modo a su madre? Desde luego habría tenido potestad para hacerlo si lo que había leído en los antiguos pergaminos seguía vigente en la actualidad.

–De ser cierto, sería algo trágico –musitó.

Quizás Tariq pretendía salvar a Zelda de su adicción, pero debería haberle proporcionado ayuda y no encerrarla en una torre. No era de extrañar que hubiera huido de él.

–No, no –se sorprendió Kasia–. No es trágico. Es romántico –suspiró, y Cat se dio cuenta en aquel momento de lo joven que era la muchacha–. ¿No lo ves? La amaba tan apasionadamente que no podía dejarla ir.

–Pero habría sido una prisionera.

Kasia se rio.

–¿No te gustaría a ti ser una prisionera aquí... –preguntó, señalando a su alrededor–, si Su Divina Majestad viniera a hacerte el amor todas las noches?

«Por supuesto que no», quiso decir Cat, pero la negación se le quedó atascada en la garganta, atorada por la ola de deseo que había surgido de Dios sabe dónde al recordar la boca de Zane abrasando sus labios y su cuerpo.

¿Pero qué demonios le estaba pasando? Había sido un simple beso. Un error. Los dos habían estado de acuerdo en ello. ¿Por qué no podía olvidarlo sin más?

Kasia descolgó uno de aquellos *négligés* y se lo mostró.

–Imagínate que llevas esto puesto y que el jeque viene a ti. Pruébatelo –sugirió, pestañeando insistentemente y desabrochándole algunos botones de la túnica–. Es tan guapo, y te desea solo a ti. ¿Le dirías que no?

–¡Sí! Basta, Kasia. ¿Es que te has vuelto loca? –la reprendió, apartándole las manos–. No pienso ponérmela.

–Lo sé. Solo era una broma –la joven se rio–, pero es que parecías tan aturdida que no he podido dejar de tomarte el pelo.

Y pasó algo de lo más extraño: su bufido de ultraje se transformó en risas.

Y, cuando Kasia se unió a ella en las risas, sintió algo extraño en su interior, como si una cerradura se abriera y dejase salir toda la tensión y las preocupaciones que llevaban días atormentándola.

Las carcajadas no paraban de salir, hasta que Kasia y ella se doblaron por la cintura muertas de risa, con las lágrimas rodándoles por las mejillas.

Casi no podía respirar, y sintió el calor de la complicidad. Una complicidad que no había sentido nunca antes. Cuando iba al instituto, y más tarde a la facultad, siempre había sido tan seria, tan razonable, tan concentrada en su trabajo, sin asociarse jamás con chicas como Kasia, llenas de vida, traviesas y divertidas, porque tenía miedo de divertirse demasiado y distraerse de sus estudios. Pero mientras se reían a carcajadas, se dio cuenta de lo mucho que se había perdido porque, de un modo u otro, había encontrado a una amiga en Kasia.

–¿Qué está pasando aquí? –inquirió una voz grave.

Cat se volvió tan deprisa que a punto estuvo de caerse y Kasia se quedó tan quieta como un cadáver a su lado antes de caer de rodillas.

–Su Divina Majestad, por favor, perdónenos –murmuró, casi tocando el suelo con la frente. Parecía aterrada.

Zane Khan estaba en el balcón, con los brazos cruzados sobre el pecho, apoyado al desgaire en la barandilla de madera labrada, observándolas.

«Ay, Dios... ¿cuánto habrá visto? ¿Y oído? ¿Cuánto tiempo llevará ahí?».

–Por favor, Su Excelencia, acepte nuestras más sinceras disculpas –murmuró Kasia, y la voz le temblaba tanto como el cuerpo–. Aceptaré el castigo que considere oportuno.

–No es culpa suya –intervino Cat por fin. Él no se había movido, y no había modo de leer su expresión–. Es todo culpa mía. Yo asumo la responsabilidad.

Habían entrado sin permiso en la cámara de su madre muerta. Habían tocado sus ropas.

De repente se dio cuenta de que aún sostenía la prenda contra el pecho, y de inmediato la ocultó a su espalda.

–Entiendo –contestó él, entrando en la estancia. La miraba fijamente a la cara, cuya temperatura parecía haber subido en mil grados–. Entonces me temo que serás tú quien reciba el castigo.

¿De verdad estaba percibiendo un punto de humor en sus palabras, o se lo estaba imaginando?

–Entonces, castígame a mí y no a Kasia.

–Está bien –contestó él, y entonces lo vio. Se estaba divirtiendo.

Debería sentirse aliviada. No parecía enfadado sino divertido, pero, al acercarse más a ella, su presencia absorbió todo el oxígeno de la habitación, y la tensión que llevaba días atormentándola se le acumuló de golpe en la espalda.

Estaba atrapada por su propia percepción de él, y su cuerpo respondía de un modo indebido a su cercanía. Su perturbador olor la embriagó cuando se detuvo delante de ella y le rozó la mejilla con el pulgar.

–Kasia, puedes volver a las habitaciones de las mujeres –dijo sin mirarla–. Y no le menciones lo ocurrido a nadie.

–Sí, Su Divina Majestad.

Atrapada en la mirada de Zane, Cat percibió el alivio en la voz de la muchacha, y también una pizca de humor, antes de que sus pasos se alejasen y oyera cerrarse la puerta.

–Lo siento –comenzó–. No deberíamos haber entrado aquí. Yo…

Pero Zane le puso un dedo en los labios para hacerla callar.

–No –dijo, y su voz le debilitó las rodillas–. Ha sido bueno oír risas en esta habitación por una vez.

Se preguntó qué querría decir, pero la curiosidad se desvaneció por la oleada de necesidad que sintió cuando él le rozó el cuello con el pulgar. La otra mano la deslizó hasta su cintura y tiró de ella para acercarla.

–Respira, Catherine. ¿Lo harías?

–¿El qué?

–¿Rechazarías al jeque si te deseara solo a ti?

Su voz profunda, áspera de necesidad, hizo que la broma de Kasia se cargara de provocación y de deseo. Tenía la respuesta atascada en la garganta. Algo le rozó la cadera y bajó la mirada.

La túnica suelta y los pantalones deberían ocultar mucho, pero no podían ocultar eso. Su erección sobresalía ostensiblemente. Él la obligó a levantar la cabeza traidora.

–¿Te gusta lo que ves, Catherine?

Asintió despacio. Debería parar todo aquello ya.

Marcharse. Antes de que hicieran algo que los dos iban a lamentar después. Pero estaba atrapada en la necesidad de sentir de nuevo sus labios en la boca, y en todos los demás rincones de su cuerpo.

Tiró de ella un poco más, y sintió su pene atrapado contra su vientre.

Sus senos se inflamaron al ver cómo él miraba su escote, expuesto por los botones que Kasia había desabrochado.

–Por favor…

Él se inclinó, puso los labios en el punto de su cuello en el que le latía el pulso y succionó.

Cat dejó caer la cabeza había atrás con un hambre tal de él que el pulso le rugía donde él tenía los labios.

–Zane…

–Sí, lo sé –murmuró él, su voz era apenas un susurro.

Y así, el dique que había servido para contener su desazón durante toda la semana anterior se rompió, y la devastadora marea del deseo la arrasó como un tsunami.

Tiró de su pelo porque quería volver a tener sus labios y él, leyéndole el pensamiento, le devoró la boca, tentándola y torturándola, ahogando sus gemidos.

Por fin alzó la cabeza y sus ojos de aquel intenso azul se clavaron en los suyos.

–Te deseo mucho. Dime que tú también quieres esto.

Que se lo preguntara con tal desesperación le llegó dentro, dando paso a un manantial que ni siquiera sabía que existía.

–Sí… sí que quiero.

Zane la tomó en brazos y la sacó al balcón.

–¿Dónde… dónde me llevas?

No deberían estar haciendo aquello.

–A mis habitaciones –dijo él y, tras dar unos pasos por el balcón, entró en otras habitaciones–. Aunque ha sido bueno oír risas en el salón de mi madre –añadió, llevándola a otra estancia profusamente decorada–, no voy a hacerte el amor en su cama.

«Hacerte el amor», no era eso lo que quería decir. Ellos no se amaban. Apenas se conocían, de hecho. Aquello era sexo. Aquello era una atracción básica y elemental.

Una imponente cama con baldaquino se elevaba sobre una plataforma, adornada por colgaduras doradas. Unas ventanas con forma de arco daban al jardín privado y el perfume de flores exóticas y cítricos flotaba en la brisa nocturna.

Pero Cat apenas registró nada de todo aquello, ya que su organismo estaba saturado de sensaciones. Los músculos que sentía bajo las nalgas, el aroma de su piel, a sal y a cedro, la respiración entrecortada… La dejó de pie y desabrochó los botones que quedaban de su túnica antes de dejarla caer y que se arremolinara sobre sus pies.

–No –dijo Zane cuando ella hizo ademán de cruzar los brazos al sentir su mirada devorándola–. No te cubras. Eres exquisita.

Cat se obligó a bajar los brazos y a dejar que la mirase, aunque le resultara aterrador. Nunca un hombre la había visto con tan poca ropa.

Pero tampoco ningún otro hombre le había dicho que fuese exquisita.

Se sobresaltó al sentir que le cubría un pecho con la mano y que le acariciaba el pezón. Con un hábil movimiento le soltó el broche delantero del sujetador. Cat se estremeció al sentir que se lo quitaba y que ponía sus manos endurecidas debajo de sus senos, como si quisiera sopesarlos, y a continuación le acariciaba los pezones.

Un gemido se escapó de su garganta mientras él seguía jugando, pellizcando, tirando, haciendo que la quemazón que sentía en el sexo creciera y se agudizara.

–Preciosa –dijo, y se agachó para morderle un pezón.

En su interior se desató una galerna de necesidad al sentir que succionaba con fuerza, y tuvo que agarrarse a su pelo mientras la humedad crecía entre sus piernas.

Zane se detuvo, la tomó de nuevo en brazos y la tumbó sobre la cama.

De una patada, se quitó las botas y ella contempló, extasiada, cómo se desataba el cinturón de la túnica y dejaba caer los pantalones. Cat se puso de rodillas y levantó el borde de la túnica para contemplar su erección.

Era larga y grande, mucho más grande de lo que se esperaba.

–¿Puedo… puedo tocarte? –preguntó.

Él sonrió.

–Claro.

Deslizó un dedo por toda su extensión mientras se mordía el labio inferior, y con el pulgar extendió la gota de humedad sobre el extremo púrpura.

–Para –dijo él, agarrándola por la muñeca.

–Lo siento. ¿He hecho algo mal?

–Lo único que has hecho mal es seguir disculpándote por nada –replicó él, y le besó los dedos.

La hizo tumbarse y volvió a centrarse en sus pezones, con lo cual la vergüenza de ella dejó paso a una oleada de deseo.

Fue bajando por su estómago, bordeó su ombligo y llegó a hundir la cara en el encaje de sus braguitas. Cat quería que se quitara la túnica, quería verlo todo de él, pero su voz se hallaba encerrada en algún punto del pecho, demasiado asustada para pedir nada no fuera a romper el hechizo. El clamor de necesidad la estaba derritiendo cuando él hundió los dientes en el delicado encaje de sus bragas.

El sonido del tejido al romperse reverberó en la habitación.

Cat se agarró a las sábanas intentando no perder la cordura mientras él la sujetaba por las nalgas y la obligaba a mantener las piernas abiertas para su boca.

–Hueles maravillosamente –dijo–. Quiero saborearte.

Sonaba más a una exigencia que a una petición, pero ella asintió igualmente.

Cuando su lengua lamió sus pliegues, Cat dio un respingo que él controló sujetando sus caderas y hundiendo los dedos en su carne para aquella deliciosa tortura. Cat gemía y contenía la respiración mientras él lo recorría todo con la lengua, todo menos el punto que ella más necesitaba.

La sensación creció y creció, haciéndose cada vez más intensa, hasta que acabó gimiendo, rogando, aullando.

–Despacio, Catherine –murmuró él, haciéndole recordar cómo había manejado a su caballo.

El instinto animal era lo que la guiaba, y lo que le exigía sentir aquel miembro grueso y largo en su interior. Se sentía tan vacía… y su sexo no dejaba de contraerse de desesperación por sentirse lleno.

Hundió un dedo en su sexo, luego dos, y después hundió la lengua adquiriendo un ritmo implacable y enloquecedor.

Ella gritó con una voz tan ronca que ni siquiera la reconoció, con la espalda arqueada, retorciéndose, apretando los puños cuando un orgasmo se desató en el centro de su ser y le abrasó el cuerpo en una oleada descomunal de puro placer.

Y él siguió lamiéndola hasta apurar la última gota de sensación.

Cat cayó en la cama exhausta y desmadejada y él, contemplándola, se quitó la túnica y la lanzó lejos, y ella se llenó con la magnífica vista de unos músculos bronceados y una línea de vello que dividía su torso.

Agarrándola por las piernas parecía salvaje, feroz, y colocó la punta de su erección en la entrada de su sexo para penetrar en ella, despacio al principio, y aun con la humedad del orgasmo, Cat sintió que su carne se extendía hasta causarle dolor.

Se aferró a sus hombros decidida a soportarlo, queriendo más, queriéndolo todo de él, pero con el sudor se le escurrieron las manos por su espalda y notó varias cicatrices.

«Fue castigado severamente por su desobediencia».

La compasión la asaltó al recordar las palabras de Nazarin, pero entonces él avanzó más hasta alojarse por completo dentro de ella.

Cat gimió de dolor y él levantó la cabeza.

–Catherine… ¿eres virgen? –preguntó inmóvil y atormentado.

–No.

No pretendía mentir, pero no quería que se detuviera porque temía no volver a sentir aquel placer embriagador que estaba tan cerca.

–No pasa nada –añadió.

Él salió y volvió a entrar. Aquella tensión brutal comenzó a suavizarse, y las oleadas de placer llegaron de nuevo y fueron haciéndose más fuertes, más implacables con el ritmo devastador que había escogido.

El orgasmo volvió a construirse despacio, firme, dejándola sin aliento cuando sus movimientos se volvieron salvajes y descontrolados.

El placer se derramó por todo su cuerpo y sus gritos salvajes se unieron a los ásperos de Zane cuando abandonaba su cuerpo y su semilla caía sobre su vientre.

Cat tardó un poco en recuperar el sentido, con todo el cuerpo temblando con la fuerza del clímax de ambos, que habían quedado tumbados el uno junto al otro, él, boca arriba, ella, con la cabeza descansando sobre su hombro y las piernas enredadas, y se apoyó en un codo para mirarlo a la cara, normalmente de expresión tan dura, pero en aquel momento relajada. Él abrió un ojo y sonrió. La magnitud de lo que habían hecho le pareció que valía le pena por aquella sonrisa.

–Espero que te sientas debidamente castigada –murmuró Zane.

Ella sonrió, a pesar de la insoportable tensión que sentía en el pecho.

–¿Qué ocurre? –preguntó él–. Pareces preocupada.

¿Cómo era capaz de leer en ella con tanta facilidad, cuando a ella le resultaba imposible leerlo a él?

–¿A qué te referías al decir que te ha gustado oír risas en esa habitación?

Él se quedó inmóvil, y Cat deseó poder retirar la pregunta que había hecho sin pararse a pensar.

–Lo siento. No debería haberte preguntado eso. No es relevante para el…

–No vuelvas a disculparte por nada otra vez –la interrumpió él, y volvió a jugar con su pelo.

No había acritud en su voz. Su tono era relajado, pero ella se sintió de repente expuesta. La niebla de después empezaba a despejarse en su cabeza y se estaba dando cuenta de lo que había hecho.

¿El proyecto? ¿Su contrato? Si ya le parecía que un beso podía ponerlo todo en entredicho, ¿qué iba a pasar después de haberse acostado con el jeque?

Se incorporó cubriéndose con la sábana y sintió un poco de escozor en las aréolas de los pechos por sus besos.

–¿Qué haces? –preguntó él al verla levantarse.

–Debería volver al ala de las mujeres –dijo Cat, buscando su túnica–. Tengo que hacer el equipaje.

¿Qué había hecho? Aquello no era solo un error. ¡Era una catástrofe!

–¿Por qué tienes que hacer el equipaje?

Ella miró por encima del hombro hacia atrás. Zane se había incorporado y sujetaba los dos extremos de la sábana, de modo que no podía moverse.

–Porque tengo que irme. Es evidente que no puedo quedarme después de lo que ha pasado –respondió, tirando de la sábana. Era consciente de que se estaba poniendo histérica, pero no era capaz de controlar sus sentimientos. Al fin y al cabo, era hija de su madre–. Zane, por favor, suéltame.

–De ningún modo. No hasta que dejes de decir tonterías. Nos hemos acostado, Catherine, y ha estado bien. Además, era prácticamente inevitable después de aquel beso.

«¿Ah, sí?».

–Yo… yo no puedo quedarme –balbució, tirando de la sábana, pero él dio un tirón fuerte y Cat cayó sobre su pecho.

La sujetó por la cintura y la besó en el hombro mientras ella intentaba soltarse.

–Cálmate, Catherine. Estás reaccionando exageradamente.

De pronto se quedó quiero y una palabra gruesa la sorprendió.

–¿Pero qué demonios…?

Soltó la sábana y ella aprovechó la oportunidad para levantarse, pero entonces pudo ver qué era lo que estaba mirando: manchas de sangre en la sábana bajera.

Zane la miró. Se había quedado pálido.

–¿Es sangre de la menstruación?

Podría haberle mentido, pero ella no era así. La culpabilidad le hizo sonrojarse y bajo la presión de su mirada, se vio obligada a decir que no con la cabeza.

–¿Me has mentido? ¿Eras virgen?

–Yo no quería mentir… pero es que no quería que parases.

–¿Te he hecho daño?

–Casi nada –contestó Cat. Que él pareciera tan serio, tan preocupado, que se inquietara por ella le pareció algo enorme, aunque sabía que no debería darle tanta importancia.

–Quiero una respuesta de sí o no, Catherine –replicó él, con los ojos oscurecidos por un tormento que ella no entendía.

–Solo un momento. Luego me he sentido muy bien.

Él asintió y desvió la mirada y Cat aprovechó la oportunidad para recoger la túnica que había caído junto a la cama y ponérsela.

Acababan de hacer el amor… él le había dado su primer y su segundo orgasmo, pero para ella había significado mucho más de lo que debería, razón por la que aquella conversación le resultaba demasiado íntima.

Zane apretó los dientes. Parecía querer decir algo. Por primera vez parecía frustrado. Quizás estuviera molesto con ella, pero no dijo nada y, como siempre, le era imposible saber qué estaba pensando, aunque seguramente algo parecido a lo que pensaba ella: que aquello había sido una mala idea.

–¿Necesitas que te acompañe a la zona de las mujeres? –preguntó.

Aquella frase fue como un golpe para ella, pero intentó disimularlo. Negó con la cabeza.

–Si sales por ahí –continuó él, señalando una puerta que se abría en otro muro de la estancia–, uno de los guardias podrá acompañarte.

–De acuerdo –consiguió decir ella.

–Ya hablaremos mañana de las repercusiones de todo esto –dijo Zane.

Pero ella se sentía comprometida, temblorosa y expuesta. Aun así, asintió.

Capítulo 6

NO PUEDES marcharte, Catherine.

Zane estaba viendo cómo su rostro se volvía rojo como la flama y su mirada se cargaba de humillación y confusión.

–Tengo que hacerlo. No puedo continuar con el proyecto si…

–Por favor, déjame terminar.

No debería haberla tocado. No debería haberse rendido a la necesidad que se había encendido nada más oír su risa en la cámara de su madre, porque las posibles repercusiones de su inocencia iban a obligarlo. A él y a ella.

–El proyecto puede continuar, pero es la última de mis preocupaciones en este momento.

–¿Lo es? –inquirió ella, atónita, y Zane se preguntó, y no era la primera vez, por qué se concedía tan poco valor a sí misma. Era una mujer hermosa y vibrante, que se había entregado a él sin condiciones y sin dudar. Pero él la había seducido a ella, y no al contrario.

–Hay ciertos… hechos de lo que ocurrió anoche que hay que tratar –continuó él.

–¿Qué hechos?

O era mejor actriz que su madre, o estaba confusa

de verdad. El amargo cinismo que le estaba revolviendo el estómago comenzó a ceder. Lo ocurrido no había sido una estratagema.

–En tu investigación, ¿has leído algo relacionado con la Ley del Matrimonio para el jeque?

Ella negó con la cabeza.

–Como jeque, si llevo al lecho a una mujer que nunca antes haya conocido varón, las leyes de Narabia me obligan a casarme con ella y a honrarla como mi reina. Es una antigua tradición destinada a proteger de ser explotadas sexualmente a las chicas jóvenes del palacio del jeque.

–Pero yo no soy tan joven ni he sido explotada. Tú ni siquiera sabías que era virgen –respondió ella.

–Pero el hecho es que lo eras.

–Siento haberte mentido. No debería haberlo hecho. Ha sido una estupidez, un gesto egoísta y vergonzoso por mi parte…

–Catherine, basta, por favor –la interrumpió Zane, se levantó y se agachó delante de ella.

–Lo he estropeado todo, ¿verdad? –preguntó ella con una voz tan desconsolada que deseó volver a abrazarla.

Pero no era lo más inteligente, así que se contuvo. Volver a intimar con ella sería un error de consecuencias impredecibles, porque no era solo aquella antigua ley de Narabia lo que le hacía desear protegerla de las consecuencias de sus actos.

Con un dedo le hizo levantar la cabeza empujando su barbilla.

–Escúchame, Catherine. Anoche no estabas tú sola en aquella habitación. Y tampoco eras la que tenía más experiencia.

–Lo sé, pero fui yo quien mintió, y ahora estás en un lío tremendo por mi culpa.

Parpadeó furiosa, y él sintió una punzada en el pecho al ver su tristeza.

Qué irónico que hubiera sido verla en el salón de su madre, tan dulce, tan abierta y seductora sin artificio alguno, lo que le hubiera hecho imposible contener por más tiempo su deseo…

Había oído las historias que se contaban sobre aquella cámara. Que había sido una prisión. Que su padre había encerrado a su madre en ella cuando se quedó embarazada de él. No tenía ni idea de si todo lo que se decía era cierto o no, porque a su madre la alteraba mucho hablar de su padre cuando estaba sobria.

Pero sospechaba que la verdad era mucho más compleja, porque en las únicas ocasiones en las que su madre hablaba de su padre, es decir, cuando estaba completamente borracha, era para decir que Tariq era el único hombre al que había amado, y que no había sido capaz de olvidarlo.

¿Y cómo podía seguir queriendo a un hombre cuyo amor, tanto si había sido real como si solo imaginado, había acabado destruyéndola?

Nunca lo había entendido… hasta aquel momento.

Él no amaba a Catherine, y no iba a enamorarse de ella. Hacía mucho que se había prometido que nunca dejaría que el amor le hiciera tanto daño como a su madre. El amor era una fuerza destructora porque requería la pérdida de tu propio ser, y sintiera lo que sintiera su madre, no había podido engañarse acerca de cuáles eran los sentimientos de su padre hacia ella una vez llegó al palacio.

Pero sí que podía ver con qué facilidad la atracción física podía alterarte el pensamiento. Cambiar tus prioridades. O no estaría agachado delante de ella, desesperado por borrar la tristeza que rezumaban sus ojos.

–Podremos pasar por alto el mandato constitucional con dos condiciones –dijo.

–¿Ah, podemos? ¡Gracias a Dios!

Verla tan aliviada le hirió un poco en el orgullo.

–¿Qué condiciones? –preguntó ella.

–Que el hecho de que eras virgen anoche no se haga del dominio público –enumeró, algo de lo que él ya se había ocupado pidiéndole a Ravi que quemase las sábanas y hablando confidencialmente con Kasia para pedirle que no comentara con nadie su relación con Catherine–. Y que no haya consecuencias imprevistas.

Eso era lo más problemático.

–¿Consecuencias imprevistas? ¿Te refieres a si me quedo embarazada? –preguntó ella, cada vez más angustiada.

–Sí. No utilicé protección. Por casualidad no tomarás la píldora, ¿verdad?

Zane no parecía enfadado, sino preocupado, pero, aun así, Cat sintió que se le hacía un nudo en el estómago.

¿Cómo podía haber sido tan inconsciente y tan impulsiva? Ni siquiera había caído en la cuenta hasta aquel instante. Un calor abrasador le invadió la cara.

–Yo... debería haber dicho algo –balbució. ¿Cómo podía haberse dejado arrastrar por el momento hasta el punto de no considerar ni tan siquiera el riesgo de quedarse embarazada?

–No estoy seguro de haberte dado esa posibilidad –murmuró él.

–Seguro que no me he quedado embarazada. Tuve la regla hace solo unos días. Estoy muy lejos de la mitad de mi ciclo.

Él asintió, pero no parecía convencido.

–Ya es algo.

–Y te retiraste a tiempo –dijo, recordando la simiente que se había lavado del vientre al llegar al ala de las mujeres–. Seguro que hay muy pocas posibilidades, pero podría tomar la píldora del día después.

–Eso es ilegal en Narabia. Provocaría un escándalo que la gente pensara que estás intentando evitar un embarazo.

Después de estudiar los pergaminos antiguos, Cat sabía que consideraban al jeque como un dios vivo, así que tenía razón.

–Me temo que la simiente del jeque se considera sagrada –confirmó él, sin poder ocultar una media sonrisa. Al parecer, no la culpaba por aquel giro desastroso de los acontecimientos, aunque ella no pudiera dejar de hacerlo–. E impedir que llegue a un terreno fértil sería considerado una ofensa capital. ¿Quieres volver al Reino Unido?

–No –replicó ella rápidamente–, opino que… son tan pocas las probabilidades que no creo que sea necesario.

Él asintió.

–Bien. Entonces, estamos de acuerdo.

Que le complaciera que se quedase después de todo le pareció increíble, pero, cuando se alejó para sentarse de nuevo en su silla, sintió una punzada de desolación.

¡Pero bueno! ¿Es que sus estúpidas feromonas no la habían metido ya en un lío bien gordo?

–Continuaremos con el proyecto con normalidad –añadió él–. Si te marcharas del país ahora, se preguntarían por qué, y ocultar lo ocurrido anoche sería aún más difícil.

Recordar los labios de Zane entre sus piernas y el ruido del encaje al romperse hizo que sintiera un calor abrasador por todo el cuerpo.

–Catherine… ¿qué me respondes?

Levantó la mirada y vio que Zane la observaba con la misma intensidad que el día anterior.

–Perdona, ¿qué has dicho?

–Que voy a salir de viaje para visitar al jefe del Oasis Kholadi, Kasim, mañana. ¿Te gustaría acompañarme? Son la única tribu nómada que queda en Narabia, y un viaje así te ayudaría a restablecer las razones por las que estás aquí.

Su sexo palpitó con fuerza ante la posibilidad de acompañarlo dondequiera que fuese.

–Sí, sería… –carraspeó–, sería muy útil. Gracias por mostrarte tan razonable con todo esto.

–Catherine, espera… –la llamó, cuando vio que se levantaba–. No debes culparte por algo que fue mucho más responsabilidad mía que tuya.

Estaba siendo generoso. Demasiado incluso. No debería haberle mentido sobre su inexperiencia, pero aunque era consciente de ello, el frenético latido de su corazón amainó al ver la comprensión de su mirada.

–¿Te ha quedado claro?

Ella asintió. No podía hablar.

–Bien –sentenció él, tocando un mechón de su pelo–. Haré que te envíen lo necesario para el viaje de mañana –dijo, colocándole el mechón del pelo detrás de la oreja antes de meter la mano en el bolsillo–. Hará mucho calor, y tendrás que ir completamente cubierta durante el viaje.

–¿Para respetar las tradiciones de las tribus nómadas?

–No –Zane sonrió–. Para evitar que te abrases.

Capítulo 7

SU EXCELENCIA, lo lamento, pero ha habido un error.

Zane estaba ajustando el largo del estribo de su silla de montar y se volvió para mirar a Catherine. Incluso con aquella túnica negra de montar cubriéndola, seguía pudiendo imaginarse las deliciosas y abundantes curvas que había debajo. Aún tenía su olor en la memoria y todavía podía ver su asombro al tocarlo a él.

La había invitado a hacer aquel viaje hasta el Oasis Kholadi dejándose llevar por el momento. Había intentado convencerse de que se debía a la necesidad de restablecer una distancia profesional entre ellos, pero en aquel momento ya no estaba tan seguro.

Seguía deseándola. Demasiado.

–Puedes llamarme Zane, Catherine.

Aunque no iban a repetir la locura que habían cometido dos noches atrás, seguía siendo responsable de ella hasta que quedase demostrado que no estaba embarazada de él.

Y pasara lo que pasase, siempre sería su primer hombre. Ella había tomado la decisión de entregarle su virginidad sin avisar, así que no tenía derecho a esperar que a él le pareciera algo sin importancia. No creía que ella lo considerase así, y desde luego a él no se lo parecía.

Aún no se había cerrado el velo que le cubriría la

cara, de modo que todavía pudo ver el rubor de sus mejillas.

–No estoy segura de que llamarte Zane sea apropiado. ¿No parecerá una falta de respeto si lo hago en público?

–Yo decido lo que es irrespetuoso o no lo es –replicó, frustrado–. He sentido tu cuerpo tensarse mientras alcanzabas el orgasmo estando dentro de ti –añadió en voz baja–. Creo que podemos decir que llamarme Zane no va a ser más inapropiado que eso.

–Sí, sí, claro –ella se sonrojó aún más.

–Decías que hay un error. ¿De qué se trata?

–El caballo –dijo, señalando la yegua árabe que se había dispuesto para ella.

–¿Qué le pasa? Zakar tiene poca alzada, lo sé, pero es una de nuestras mejores yeguas, muy dócil y complaciente.

Se había asegurado de ello acribillando a preguntas a Omar, el jefe de caballerizas. Solo eran cuatro horas de camino, pero quería asegurarse de que no corriera riesgos ni acabara demasiado cansada. Ya había informado a sus hombres de que tomarían un camino algo más largo para evitar un terreno que pudiera ser difícil para su invitada.

–No se trata de la yegua, que es preciosa. Es que... –la duda le hizo morderse el labio inferior, y el deseo de lamerle el punto en que su piel se había quedado enrojecida fue tan intenso que hizo que la frustración de Zane creciera.

–¿Qué? –le espetó.

–Es que no sé montar –confesó ella.

–¿No montas? –preguntó Zane, y su frustración se disolvió al ver su expresión avergonzada–. Pero si viniste muy bien a caballo desde el mercado.

Su cuerpo se había moldeado al suyo perfectamente. Demasiado bien, de hecho, porque llevarla así en brazos, moviéndose al unísono con él, sintiendo cómo sus músculos se tensaban y se relajaban, con sus pechos rozándole el brazo, había sido una de las experiencias más sensuales que había tenido nunca.

–¡Venga ya! Seguro que tuviste la sensación de ir montado a caballo teniendo que transportar un saco de patatas.

Zane sintió ganas de echarse a reír a pesar de la frustración.

–Te aseguro –dijo, con voz apenas audible–, que ninguna otra cosa podría parecerse menos a un saco de patatas. ¿Me estás diciendo que fue la primera vez que montabas?

–Sí –reconoció ella, mordiéndose de nuevo el labio inferior–. ¿Podría ir en coche?

–Los kholadi viven en el desierto. No se puede ir en coche hasta el oasis.

–Entonces, no voy a poder ir –repuso ella con desilusión.

Zane chasqueó los dedos y unos de los mozos de las cuadras se acercó de inmediato.

–Apareja a Pegaso con la silla grande –le dijo en narabí–, y pídele a Ravi que organice lo necesario para llevar a la doctora Smith a Allani –y volviéndose a Catherine, explicó–: he dispuesto que un monovolumen te lleve hasta el final de la carretera del desierto, en Allani. Allí nos reuniremos y tendrás que montar conmigo hasta el oasis.

Ella abrió los ojos de par en par.

–¿No será demasiado para el caballo?

–Pegaso es muy grande, y tú, muy menuda. Además, solo compartiremos montura durante una hora. No le pasará nada –la tranquilizó, aunque no entendía bien por qué se empeñaba en que los acompañara.

Era mejor no examinar la decisión con demasiada insistencia.

El brillo de un agua increíblemente azul en el valle que se abría a sus pies, sombreada por palmeras y rodeada por un campamento de al menos cien tiendas, le parecía a Cat una ilusión óptica que contemplaba desde Pegaso y las crestas de las dunas. Respiró hondo y el velo se le pegó a los labios resecos. El brazo de Zane la apretó por debajo del pecho y gritó algo en narabí dirigiéndose a sus hombres.

La orden se recibió con una serie de gritos, y de pronto se vio de nuevo en el abrazo de Zane al lanzar a Pegaso a todo galope colina abajo. Los cascos del animal emitían un ruido sordo al chocar con la arena mientras ella daba saltos y se reía. El dolor que sentía en los muslos y en las nalgas no era nada comparado con la riada de sensaciones que la había estado volviendo loca desde hacía unos días.

Apenas diez minutos después de subirse a lomos del animal y de acomodarse delante de Zane, que la rodeaba con su cuerpo, Catherine se preguntó si había sido buena idea acceder a aquello.

Debería haber puesto cualquier excusa y haberse quedado en el palacio.

El viaje prometía ser fascinante y, aunque el tiempo pasado en el caballo debería haberlo dedicado a preparar la entrevista con Kasim, el jefe más joven que habían tenido los kholadis, no había podido dejar de pensar ni por un segundo en los movimientos del cuerpo de Zane y en los recuerdos eróticos de lo que habían compartido que nunca volverían a compartir.

Un grupo de kholadis fuertemente armados apareció en la puerta de la tienda principal para saludarlos. Uno de ellos iba algo adelantado. Les sacaba una cabeza a los demás. Debía de ser al menos tan alto como Zane. Seguramente sería el jefe, a juzgar por los sables que llevaba y el oro que adornaba sus vestiduras.

Una salva de disparos al viento celebró su llegada, respondida por una serie de alaridos hondos y guturales de los hombres de Zane.

Ella se quedó en la silla mientras él desmontaba. A diferencia del resto de ciudadanos de Narabia, los kholadi no mostraban deferencia hacia Zane, ya que algunos de ellos incluso le palmearon la espalda. Zane se acercó al hombre que supuso era Kasim, se estrecharon la mano y se abrazaron, y el jefe le dijo algo que ella no entendió.

Se llevaron a los demás caballos, pero ella permaneció subida a Pegaso porque no sabía si intentar desmontar sola, ya que Zane y el jefe parecían muy enfrascados en su conversación hasta que, de pronto, todos los ojos se volvieron hacia ella.

Acalorada y sudorosa bajo aquella asfixiante túnica para montar, nunca se había sentido tan consciente de sí misma como en aquel momento. El jefe volvió a decir algo que resultó igual de incomprensible que sus palabras de antes, seguido de una ronda de risas.

Zane se acercó a ella, abiertamente incómodo por lo que se acababa de decir.

–Ven, voy a presentarte a Kasim.

–¿Qué ha dicho?

–Nada importante –respondió él, pero su irritación resultaba evidente. Dejó que la tomara por la cintura para descabalgar, pero, en cuanto sus pies tocaron el suelo, le fallaron las rodillas.

Zane la sujetó con un brazo por la cintura.

–¿Estás bien? ¿Necesitas que te lleve?

–No, no, por favor. Estoy bien. Solo un poco rígida.

Se moriría de vergüenza si tenía que llevarla en brazos.

–No debería haberte hecho montar tanto tiempo sin un descanso –comentó, obviamente preocupado.

«Ni se te ocurra deducir más de la cuenta», se reprendió.

Al acercarse al jefe, este le dedicó una sonrisa, que a ella la sorprendió un poco. Tenía la misma estructura ósea que Zane, aunque su piel era varios tonos más oscura y sus ojos casi negros.

–Kasim, te presento a la doctora Catherine Smith. Es catedrática de Oriente Medio en el Reino Unido, y va a escribir un libro sobre nuestro país –la presentó–. Trátala con el respeto que se merece.

El jefe se rio, y sus ojos brillaron con malicia. Fuera lo que fuese lo que había dicho antes, seguro que no tenía nada que ver con su cualificación académica. Debería haberse sentido insultada, pero quedó encantada cuando Kasim tomó su mano y con mucho boato se la besó.

–Los kholadis nos sentimos muy honrados de que la mujer de Su Divina Majestad honre nuestro humilde campamento.

«¿Su mujer? ¿Tan evidente era?».

–Ah, no, no… yo solo soy una académica –balbució.

–No hay «solo» que valga con una mujer tan hermosa como tú –declaró el jefe kholadi.

«No te sonrojes. Por favor, ¡no te sonrojes!».

Sus mejillas explotaron y Kasim sonrió ampliamente.

«Ay, Dios, ¿por qué no te pones un neón en la frente que diga *Soy la mujer de Zane?*».

–Compórtate, Kasim –le advirtió Zane–. La doctora Smith necesita refrescarse y luego quiere hablar contigo sobre su investigación. ¿Tienes una tienda que pueda utilizar?

–Claro, hermano –contestó Kasim, pero la luz burlona de su mirada declaraba que no iba a hacer ni caso de sus palabras.

Kasim ordenó a una joven que los acompañara a ambos a una tienda grande situada en una pequeña colina que dominaba el campamento.

–Kasim parece un hombre agradable –dijo Cat, intentando desesperadamente romper la tensión que las palabras del jefe habían creado.

–Lo único que Kasim no es es agradable –le espetó, conteniendo su temperamento a duras penas–. No te dejes engañar por su encanto. Ese hombre es un maldito…

No terminó la frase.

–¿Qué?

–Nada –replicó Zane levantando la puerta de tela de la tienda.

–¿Por qué te ha llamado hermano?

Todo el mundo lo trataba con deferencia, pero Kasim lo hacía como si fuera su igual.

Zane frunció el ceño y no contestó.

Aparecieron dos mujeres, sin cubrirse la cabeza y con numerosos piercings en las cejas y la nariz, ataviadas con túnicas de seda, que se arrodillaron delante de Zane. Él se dirigió a ellas en un rápido kholadi y condujo a Cat a la zona principal de la tienda.

Ella contuvo el aliento. Era como entrar en una cueva de maravillas por el contraste que ofrecían los intensos colores y el lujoso mobiliario con la apariencia austera de la tienda en el exterior.

Una cama de madera ocupaba un rincón, subida en una tarima de madera y adornada con multitud de cojines bordados. Unas gruesas alfombras cubrían el suelo, y unas cortinas de terciopelo sujetas a un lado dejaban ver una brillante bañera de cobre rodeada de mesas bajas en las que se habían dispuesto telas de lino y una colección de pequeñas botellas de cristal. El aroma de los perfumes y el incienso inundaba el interior de la tienda, sorprendentemente fresco.

Zane le señaló un diván cubierto de lujosa seda para que se sentara y ella lo hizo, pero compuso una mueca en cuanto su trasero tocó las almohadas.

–¿Cómo estás?

–No muy mal –mintió ella, intentando encontrar una postura más cómoda.

Zane se inclinó y le rozó la nariz con un dedo, sonriendo.

–Estas dos mujeres cuidarán de ti. Les he dicho que te den de comer y un buen baño caliente. Luego te darán también un masaje. Al principio te dolerá una barbaridad, pero con los aceites y ungüentos que usarán, te encontrarás mucho mejor –su voz había descendido varias octavas al hablar del masaje–. Volveré a buscarte cuando hayas podido descansar. Hemos sido invitados a cenar con Kasim, y responderá a tus preguntas sobre el modo de vida de los kholadis.

Se dio la vuelta tan deprisa que intentó agarrarlo por el brazo, pero el dolor que le produjo el movimiento la obligó a hacer una mueca.

–Espera, Zane.

Él se detuvo, pero el modo en que miró el punto en el que había establecido contacto con su brazo, hizo que bajase la mano de inmediato.

–¿Qué ocurre? –preguntó impaciente. Cat no tenía ni idea de por qué estaba enfadado.

–¿No será de noche para entonces?

–Eso espero.

–¿Y será seguro viajar de noche?

Aparte de lo mucho que le dolían los músculos, no se sentía capaz de pasar otra hora acurrucada en sus brazos, y además de noche.

–No estás en condiciones de volver a montar esta noche –dijo Zane–. Tendremos que quedarnos aquí y volver al palacio mañana por la mañana.

–Ah.

¿Por eso estaba tan molesto? ¿Porque había resultado ser una blanda?

–No tengas miedo, Catherine, que no vamos a compartir tienda –replicó, tenso–. Volveré a buscarte dentro de un par de horas –continuó–. Descansa cuanto puedas.

Compartir tienda con él no era lo que le preocupaba, aunque debería. Sobre todo porque lo último que necesitaba en aquel momento era *montar* nada más.

–He sabido por mis investigaciones que pasó usted sus primeros años en el palacio del jeque. ¿Por qué? ¿Y por qué se marchó?

La curiosidad venció a Cat, y le hizo la pregunta mientras el servicio retiraba los platos vacíos. Llevaban dos horas disfrutando de un delicioso banquete servido en mesas bajas, olvidados con el baño y el masaje la mayor parte de los dolores del viaje. El jefe kholadi se había mostrado abierto y parlanchín, y le había regalado historias de cómo había llegado a ser el jefe de su tribu, ofreciéndose incluso a traducir las conversaciones que quisiera mantener con su gente.

El único punto negro había sido Zane, que había permanecido impasible y rígido durante toda su conversación. Estaba claro que le había molestado tener que quedarse a pasar la noche, pero aquella conversación estaba proporcionándole exactamente la clase de información que le daría a su estudio contexto y veracidad.

Aunque no estaban tomando alcohol, se sentía un poco achispada, y en cuanto hizo la pregunta del palacio, supo que había cometido un error porque se hizo un silencio tenso y la atmósfera agradable se desvaneció cuando la mirada de Kasim se encontró con la de Zane.

–No tiene por qué contestarme –intentó dar marcha atrás. No pretendía abusar de su hospitalidad, y nunca debería haberle hecho una pregunta tan personal.

Pero la mirada de Kasim volvió a ella y vio brillar sus dientes blancos en su rostro moreno. La luz burlona había vuelto a sus ojos.

–¿Zane no se lo ha contado?

–¿El qué?

–No es relevante para el proyecto, Kasim –les interrumpió Zane, con la voz áspera y el tono de advertencia.

–La respuesta a su pregunta es bien sencilla, doctora Smith –respondió Kasim sin hacer caso–. Viví en el palacio de niño porque era el hijo bastardo del antiguo jeque.

¡Kasim era hermano de Zane!

Cat dejó caer el lápiz y los miró a ambos. Ahora le resultaba evidente el parecido, y entendía por qué Kasim lo había llamado hermano al llegar.

¿Por qué no se lo había contado Zane al preguntarle? ¿Y por qué parecía tan enfadado?

–Mi madre era una prostituta kholadi. Murió dándome a luz.

–Eso no va a aparecer en tu libro –cortó Zane.

–Por supuesto. No pondré nada que…

–No me avergüenzo de mis orígenes, hermano –interrumpió Kasim. Por primera vez, parecía tan incómodo y tenso como Zane–. ¿Por qué lo ibas a estar tú?

–¡Maldita sea, Kasim! Sabes que no es eso.

Zane se levantó y ayudó a Cat a hacer lo mismo.

–Necesito hablar en privado con Kasim –dijo, y un músculo le tembló en el mentón–. Ya es hora de que te vayas a dormir.

Ella asintió. Se sentía responsable de aquella tensión.

–Volveré a la tienda.

Kasim se levantó también.

–No tiene por qué irse.

–No pasa nada, Kasim. Además, estoy agotada –dijo, intentando como fuera poner paz en la discusión que parecía avecinarse entre aquellos dos hombres… entre los dos hermanos–. Muchas gracias por esta maravillosa cena, y por su inconmensurable ayuda con mi investigación.

Kasim se la quedó mirando un momento y luego asintió, acompañándola a la puerta de la tienda para darle instrucciones a un hombre muy corpulento vestido a la manera tradicional.

–Ajmal la acompañará hasta su tienda –dijo, antes de inclinarse de nuevo para besarle la mano–. Ha sido un placer conocerla, doctora Smith.

El calor de su mirada sugería que no solo estaba siendo educado.

–Lo siento si he causado algún problema…

–No es usted la causa de este problema –contestó Kasim en voz baja, pero la hilaridad parecía haber vuelto a su mirada–. Debo volver junto a mi hermano antes de que amenace con matarme por pasar demasiado tiempo con su mujer.

–Pero yo no soy… –empezó, pero Kasim ya se había marchado.

Ajmal la condujo por el campamento hasta la tienda de la que había salido antes, y las dos mujeres aparecieron para ayudarla. Pero estaba demasiado nerviosa para tener compañía, de modo que prescindió de ellas y se puso el exquisito camisón que le dejaron y que resultó ser completamente transparente.

«Menos mal que no comparto tienda con Zane».

Pero al cerrar las cortinas que envolvían la cama de la tienda y tumbarse sobre los mullidos almohadones, los eventos de la noche volvieron a su cabeza.

Ojalá no hubiera hecho aquella pregunta tan personal. ¿Por qué habría reaccionado Zane tan violentamente? No estaría avergonzado de ser hermano de Kasim, ¿no? Estaba claro que había un lazo que los unía, y se habían saludado efusivamente al encontrarse.

Vio la luz de la antorcha parpadear y brillar a través de las cortinas de la cama, el perfume del incienso flotaba en la brisa nocturna e intentó calmar sus pensamientos, pero se llevó la mano al vientre.

«¿Y si estoy embarazada de Zane?».

Un peso le aplastó el pecho. ¿Qué haría en ese caso? No sabía si podría ser madre, y desde luego no quería serlo en semejantes circunstancias. ¿Por qué entonces la posibilidad no le parecía una catástrofe?

«Pon los pies en el suelo, Cat. No estás embarazada. Solo cansada y rara después de la cabalgada y la tensión de la cena con Kasim».

Pero, cuando el sueño empezaba a vencerla, las palabras de Kasim se repitieron una y otra vez en su cabeza y, a diferencia de lo ocurrido el día anterior, cuando la idea de haberse quedado embarazada de Zane la había aterrorizado, hacía que el punto álgido de entre sus piernas palpitase, y el lugar vacío de su vientre brillase.

«Maldito Kasim… no puede dejar pasar la ocasión de flirtear».

Zane maldijo a su medio hermano y al hecho de que le hubiera hecho perder la paciencia y que hubieran estado más de una hora de discusión.

Levantó la cabeza y miró las estrellas con un suspiro. Después de pasarse una hora con su trasero alojado entre las piernas, ¿a quién podía extrañarle que hubiera perdido el humor durante la ofensiva de Kasim?

Se había visto obligado a ver su interacción mientras él se tragaba como podía la cena e intentaba no dar rienda suelta a unos celos que sabía que no debía sentir. Pero ¡qué demonios! Cat había estado en sus brazos apenas cuarenta y ocho horas antes. Incluso cabía la posibilidad de que estuviera embarazada de él. Además, estaba convencido de que Kasim sabía exactamente lo que hacía. Su medio hermano era un bastardo en muchos sentidos.

Ese pensamiento no era propio de él. La legitimidad o la falta de ella de su hermano nunca se había interpuesto entre ellos hasta aquella noche. Nunca había formado parte de su relación, una vez su padre lo expulsó del palacio sin tan siquiera mirar atrás cuando decidió instalarlo a él como heredero.

Ni su hermano ni él habían tenido otra opción entonces, obligados a separarse por las maquinaciones de su padre. Él había trabajado duro desde entonces para conseguir convencer a Kasim de que eran hermanos, que lo que había pasado entonces no había sido decisión suya, y a punto había estado de tirar por la borda cinco años de diplomacia por los celos, y encima, por una mujer.

Inclinó la cabeza ante los guardias apostados en la puerta de la tienda que solía ocupar cuando iba de visita.

El olor a jazmín y limón impregnaba el aire, lo que le recordó a Catherine y cuando la había dejado allí antes, y se la imaginó bañándose y recibiendo un masaje de las dos muchachas del servicio de Kasim. La excitación cobró vida bajo sus pantalones.

«Deja de imaginártela desnuda y lujuriosa. Has ordenado que la llevaran a otra tienda precisamente porque no vas a volver a dejarte vencer por el deseo».

La velada entera había sido una especie de juego de poder de Kasim. Estaba convencido de ello porque, a pesar de su encanto y la buena relación, a pesar de su fraternidad, su hermano seguía dolido por el modo en que lo había tratado su padre, y aunque lo comprendía, no por ello estaba menos enfadado por que hubiera utilizado a Catherine para llegar a él. Se había pasado la noche sujetando los puños y las ganas de liarse a puñetazos con Kasim, fingiendo que no le importaba, obligado a disfrazar el hecho de que Catherine sí era su mujer. O lo había sido.

Entró a la zona de baños para lavarse la cara y reparó en que la bañera aún estaba llena, seguramente del baño de Catherine, y su olor llenaba el aire.

Su miembro palpitaba como un diente enfermo, y sabía que necesitaba dormir antes de enfrentarse a la tortura que iba a ser el viaje de vuelta al palacio.

«Maldito seas, Kasim. Y maldita Catherine por ser tan embriagadora sin tan siquiera proponérselo».

Se desnudó y se metió en la bañera de agua fría, pero no lo estaba lo bastante para desinflar su erección, de modo que llegó a la conclusión de que la masturbación era la única salida… siempre que intentase no imaginarse a la mujer que había provocado todo aquello.

Cat se despertó sobresaltada. Había oído movimiento en la tienda. Sentía calor a pesar de que la brisa era fresca, como si estuviera sumida en un sueño erótico, y oyó el sonido del agua y una especie de gemido ahogado.

¿Había alguien con ella en la tienda?

Se incorporó medio dormida y apartó la cortina, y vio algo en el rincón más alejado que la dejó sin aliento.

«Debo de estar soñando. Eso tiene que ser».

El suave resplandor de la antorcha acariciaba el cuerpo de Zane dentro de la bañera, completamente desnudo. Pero no se estaba bañando, sino que tenía el pene en la mano, que movía sobre la sólida columna con movimientos rápidos y fuertes.

La sangre se le acumuló en el clítoris, inflamándolo, haciendo que la humedad apareciera entre sus muslos.

Estaba magnífico. Su piel dorada, el vello que partía del pecho, se transformaba en una línea en el vientre y florecía en su entrepierna, donde se mostraba su pene grueso y orgulloso.

Le vio complacerse con movimientos bruscos, con la cabeza echada hacia atrás y un gemido ronco que a ella le llegó a su propio sexo cuando alcanzó el clímax.

Cambió de postura en la cama, atrapada en un trance erótico. La seda del camisón le parecía papel de lija, y respiró hondo cuando vio a Zane sacar una manopla del agua y lavarse los genitales.

El ruido del agua parecía real, lo mismo que el aroma a jazmín e incienso. «¿Cómo puede ser este sueño tan real? ¿Por qué no quiero despertarme?».

Pero entonces le vio volverse a por una de las toallas de lino y la antorcha iluminó su espalda. El sueño erótico se evaporó al ver las cicatrices que le surcaban la espalda.

De sus labios se escapó un gemido sin querer, que sonó ensordecedor en el absoluto silencio.

Zane se volvió de inmediato.

–¡Catherine! ¿Qué demonios haces en mi cama?

«No es un sueño». El tejido del camisón le rozó los

pezones y de pronto cayó en la cuenta de la imagen que debía de estar dando con aquella prenda transparente. Rápidamente se cubrió con la sábana.

–Yo... me ha dicho Ajmal que dormiría aquí –consiguió decir.

La emoción de ver su espalda destrozada junto con la vibración de su sexo la dejaron sintiéndose expuesta e inexperta.

Maldiciendo, Zane se cubrió con la toalla.

–Voy a matar a Kasim.

¿Kasim había planeado todo aquello? ¿Con qué fin?

–Cuando le eche el guante, es hombre muerto. No tiene derecho a tratarte con semejante falta de respeto –sentenció Zane, y comenzó a recoger prendas del suelo.

Sin pensarlo dos veces, Cat se levantó y lo agarró por el brazo.

–¡No, Zane! –lo detuvo, aunque no podía dejar de pensar en las tremendas cicatrices de su espalda.

¿Sería aquel el castigo del que le había hablado Nazarin? ¿Cómo había sido su padre capaz de tal cosa? ¿Qué clase de hombre trataba a su propio hijo con semejante brutalidad?

–Tienes que irte –dijo él, conteniéndose a duras penas.

Cat soltó su brazo, pero la necesidad de calmar su furia permaneció.

–Por favor, no te enfades con él. No importa.

–¿Te das cuenta de que te ha insultado, dejándote en mi cama como si fueras una concubina? ¡Seguro que ha sido cosa suya que te dieran ese camisón! Mírate. ¡Estás casi desnuda! Después de que le he dicho veinte veces que no estabas aquí para calentar mi cama, sino para plasmar tus investigaciones en un libro.

Cat tenía que decirle la verdad, aunque resultara comprometedora. Se aclaró la garganta intentando encontrar las palabras.

–Tal vez no pretendía que fuera un insulto.

Lo que Kasim había hecho la comprometía claramente, y a un nivel que la hacía sentirse insultada, pero la furiosa defensa de su honor que hacía Zane la estaba haciendo sentir otra cosa completamente distinta.

–Yo no estaría tan seguro.

–Tal vez yo soy también responsable.

Él le clavó la mirada antes de apartarle un mechón de pelo de la cara.

–¿Cómo ibas a ser tú responsable de esto, Catherine?

Podía mentirle. Podía poner fin a aquella conversación en un instante. Dejar que se marchara y culpase a Kasim por el calor que le abrasaba el cuerpo, y disipar aquella brutal sensación de intimidad. Pero no era capaz.

–He venido hasta aquí porque quería estar contigo. Si Kasim lo ha dispuesto todo para que me trajeran a tu cama, a lo mejor es porque no he sido capaz de ocultar lo mucho que aún te deseo.

Zane se volvió. El pecho le brillaba con la luz de la antorcha.

–Maldita sea, Catherine... –susurró, poniendo la mano en su mejilla–. No digas esas cosas.

–¿Por qué no, si es la verdad?

–Estás quedando indefensa, ¿no te das cuenta? Ya me has dado demasiado y tienes que protegerte. Yo no soy un hombre bueno.

«Sí que lo eres, o no te preocuparía que tu hermano me insultara».

–Si resultara que te has quedado embarazada, si alguien descubriera que eras virgen… te obligarían a casarte conmigo, y yo no movería un dedo para protegerte porque soy tan despiadado como mi padre.

–Pero no estoy embarazada, y nadie va a saber que era virgen. Solo estamos los dos aquí… –se humedeció los labios. Los iris de Zane se volvieron negros–. Quizás deberíamos considerar el truco de Kasim como un regalo, en lugar de un insulto.

No quería crear más fricción entre los hermanos, pero no estaba siendo generosa, sino egoísta.

¿Por qué no podían tener otra noche más? Siempre que fueran cuidadosos.

Tomó su mano y se la puso sobre un pecho. El pezón se endureció de inmediato.

–¿Qué estás haciendo? –preguntó él, intentando soltarse.

–Quiero tenerte esta noche, Zane. Si podemos disfrutar el uno del otro sin arriesgarnos a un embarazo, ¿por qué no hacerlo?

Los dos lo deseaban. ¿Por qué negárselo?

Él le acarició el pezón.

–¿Estás segura?

–Sí.

No había estado tan segura de nada en toda su vida. La primera vez había sido resultado de una química sexual incendiaria, pero aquella iba a ser más íntima, más sincera.

Quería obedecer a su propio deseo, expiar toda la culpa que había sentido por los actos de su madre.

Con un gemido, Zane cubrió su otro pecho.

–Voy a matar a Kasim –murmuró, pero se inclinó para tomarla en brazos.

La llevó a la cama y la depositó sobre los almohadones. El camisón se había abierto para dejar un seno al descubierto y se lanzó a él, ávido. Ella se revolvió por aquella sensación que le había llegado a lo más íntimo. El sonido de la seda al rasgarse se oyó por encima de sus respiraciones. Había rasgado el camisón para tenerla desnuda.

Tembló y sintió cómo se le cerraba la garganta cuando él presionaba con la mano entre sus piernas observándola con sus ojos azules y salvajes, feroces, y cómo hundía primero un dedo y luego dos en su sexo.

–Sigues estando tan cerrada... no quiero hacerte daño.

–No me lo harás. ¿Qué debo hacer yo?

–¿Cuánto has visto antes? –preguntó él, acariciando su carne inflamada hasta encontrar un nudo duro en la unión de su sexo para acariciarlo con el pulgar.

–Todo.

Zane, conteniendo la risa, tomó su mano y se la puso sosteniendo su pene.

–Sujétalo –dijo.

Ella lo hizo y lo acarició tímidamente, sorprendiéndose de sentirlo saltar y palpitar en la palma de su mano.

–Ve más despacio, o no voy a durar mucho –gimió él, hundiendo la cara en su pelo.

Permanecieron así, tentando, torturando, aprendiendo las respuestas del otro, dónde y cómo tocarse.

Ella gimió alzándose para seguir el movimiento de sus dedos, desesperada por llegar a ese punto final, arañando la destrozada piel de su espalda mientras él le acariciaba el interior de su sexo, alcanzando un lugar tan dentro de su cuerpo que jadeó desesperada y la ola de placer rompió sobre ella a la vez que le oía gritar contra su cuello mientras se derramaba sobre su vientre.

Permanecieron así un tiempo indefinido, ella acariciándole el pelo, intentando controlar las emociones que había desatado su pasión.

«Solo es sexo. Solo eso. No vayas más allá. No te puedes permitir hacer de esto otra cosa».

Zane acabó levantando la cabeza.

–A lo mejor puede que no mate a Kasim.

Ella sonrió, o lo intentó al menos.

Se sintió extrañamente abandonada cuando él se levantó de la cama para ir a la bañera. La luz se derramaba sobre las líneas musculosas de su cuerpo y sus cicatrices. Volvió con una manopla mojada para limpiar su semen del vientre de Cat e hizo lo mismo con los pliegues de su sexo mientras ella le dejaba hacer, intentando no darle importancia a aquel gesto de ternura.

Zane era un hombre consciente y pragmático que seguramente trataba a Pegaso del mismo modo después de una cabalgada exigente. Compararse con un caballo surtió el efecto deseado: la ayudó a encerrar las emociones innecesarias donde debían estar cuando él dejó la manopla y se metió en la cama con ella.

La abrazó sin decir nada, pero ella sintió la intimidad de lo que habían compartido como una pesada manta que los mantuviera unidos mientras le oía respirar en la semioscuridad.

–¿Fue tu padre quien te hizo esas terribles cicatrices, Zane?

No podía contener la necesidad de saberlo. Quizás la conexión que sentía con él era una ilusión creada por la química sexual, el viaje agotador y la remota posibilidad de que pudiesen compartir un futuro juntos, pero igualmente la sintió.

Pasara lo que pasase al día siguiente, o aquella noche, en aquella tienda, en aquel desierto, solo eran dos personas solitarias, y quería saber cuanto pudiera de él.

–No fue él en persona –Zane suspiró–. Ordenó a su guardia que me disciplinara por haber intentado escapar. Pero él siempre lo veía todo.

–Zane… lo siento mucho. Es horrible –dijo, y pensó que esas marcas no eran producto de una sola ocasión. Debían de haberlo castigado más veces. Un muchacho arrancado de todo y todos los que conocía para vivir en una tierra extraña, a merced de un hombre que era lo contrario a un padre amoroso.

–No lo sientas –dijo él, acariciándole la mejilla–. Ya ha pasado mucho tiempo.

–Aun así, tu propio padre… era un monstruo.

Se llevó una sorpresa al ver que él negaba con la cabeza.

–No era un monstruo. Solo un hombre que había sido educado en la creencia de que todo lo que deseara debía ser suyo por derecho divino. Y, cuando no pudo tener lo que más deseaba, se le nubló la mente –suspiró–. Al final acabé comprendiendo que no era a mí a quien quería hacer daño, sino a ella.

–¿A tu madre?

Zane asintió.

–No dejaba de decirme que lo había abandonado sin razón, porque él la quería más que a su propia vida

–respiró hondo–. Entonces yo no podía comprender lo tóxico que era el amor que se tenían. Solo podía pensar que me había raptado y le odiaba por ello, así que seguía escapándome. Y era una tontería, teniendo en cuenta que conocía las consecuencias.

Ella percibió en su voz… ¿culpabilidad? Aquello no tenía sentido. Tomó su cara entre las manos para obligarle a mirarla.

–Era natural que te escapases. Querías volver a tu casa. De ninguna manera te merecías las palizas.

Puso su mano sobre la de ella.

–Qué intensidad…

¿Por qué la miraba así, sonriendo? Cualquiera diría que había dicho algo bonito.

–No entiendo por qué sonríes –consiguió decir.

–¿De verdad quieres conocer la historia de mi vida?

–Claro que quiero.

Su intensidad pareció sorprenderle, de modo que la rebajó. ¿Iba a abrirse a ella por fin, aunque fuera solo un poco?

–¿Por qué? –quiso saber él.

«Porque siento algo por ti».

No iba a decirle la verdad. No quería arriesgar lo que estaba pasando entre ellos, fuera lo que fuese, revelándole unos sentimientos que él podía no tener. Unos sentimientos que tampoco ella sabía con certeza si eran reales o producto de su química.

–En ningún momento has renunciado a la idea de que sea yo el centro de tu historia sobre Narabia, ¿verdad?

Cat ya no estaba segura de que el proyecto le importase, ni de que su deseo de saber más de aquel muchacho tuviera algo que ver con su investigación, si es que alguna vez lo había tenido. Pero le había dado una escapatoria.

–Sigo pensando que es el modo más eficaz de contar la historia de Narabia.

–¿De verdad quieres que sea tan fea?

–La verdad a veces lo es. Por supuesto, tú tendrás la última palabra sobre lo que deba aparecer o no en el libro.

«Y yo jamás pondría en él algo que pudiera hacerte daño».

Sabía que no podía decirle algo así, aun estando desnuda en sus brazos, aunque su sexo aún palpitara de la intensidad de lo ocurrido entre ellos.

Pero mientras él consideraba sus palabras, Cat sintió un peso tremendo en el pecho, el peso de la responsabilidad y la confianza, porque ambos sabían que, tanto si terminaba el libro como si no, aquel era un paso de enorme importancia para él, ya que suponía romper un silencio que había mantenido durante mucho tiempo.

–Está bien –dijo él al fin. Le pasó un brazo por los hombros y la colocó contra su costado, de modo que no pudiera verle la cara. Y comenzó a hablar.

–No escapé al llegar aquí porque deseara volver a casa. Mi madre no era una madre corriente. Le gustaban demasiado las fiestas.

Cat contuvo las preguntas que ya deseaba hacerle. No quería interrumpirle y que pudiera desanimarse.

–Y empeoró cuando yo me fui haciendo mayor. Nos mudamos de la casita que teníamos en Hollywood Hills y acabamos en un destartalado apartamento en Wilshire Boulevard. Cuando yo tenía catorce años, me pasaba las noches sacándola de un garito o de otro. Comenzó a deteriorarse físicamente, lo cual supuso que, de no haber tenido ya la reputación de ser una persona difícil, nadie quería contratarla. Yo trabajaba en una tienda de alimentación coreana, pero aun trabajando casi todas las noches después del instituto, no podía pagar el alquiler.

Le oyó tomar aire profundamente antes de continuar. La culpabilidad teñía su voz cuando siguió hablando.

–Yo sabía que mi padre era alguien importante. Un jeque, o un rey, o algo, porque, cuando estaba muy borracha ya, mi madre hablaba de él, de Narabia y de un palacio dorado. De que había sido una reina, y que yo era su heredero y que por derecho me correspondía una fortuna. Yo leí cuanto pude sobre él en Internet. No me lo creí todo, pero aunque tuviera solo un poco de pasta, pensé que podría ayudarnos, y en aquel momento yo estaba desesperado. Teníamos constantes peleas, y le decía toda clase de cosas sobre lo mucho que la odiaba, y que estaría mejor sin ella –respiró hondo–. Tenía catorce años, y la responsabilidad me ahogaba. No quería tener que seguir llevando un peso como aquel. Tuvimos la madre de todas las peleas, y yo estaba tan enfadado que vacié todas las botellas de licor que tenía escondidas por el apartamento. Ella no hacía más que llorar y decirme que era tan tirano como mi padre, y yo me reí en su cara y le dije que preferiría vivir con un tirano que tuviera dinero que con una don nadie sin un céntimo como ella.

Cat puso una mano en su corazón, intentando calmar su amargura.

–No tienes que continuar.

–Sí. Tengo que hacerlo –contestó él, poniendo su mano sobre la suya–. A la mañana siguiente, mi madre tuvo una resaca brutal y un caso grave de *delirium tremens*, pero estaba sobria por primera vez en meses, o puede que en años, y entre lágrimas me dijo lo mucho que sentía… –volvió a respirar hondo– que sentía haberlo estropeado todo. Pero yo seguía enfadado, y me fui al instituto sin tan siquiera decirle adiós. Los guardaespaldas de mi padre me pescaron en la calle aquella misma tarde y no volví a verla. Dos meses después, murió de una sobredosis accidental. Mi padre me enseñó el artículo en el periódico. Y entonces dejé de intentar escaparme.

Hizo una pausa y el silencio los envolvió.

–Las cosas empezaron a mejorar a partir de aquel momento, una vez que yo accedí a hacer lo que me decían, pero mi padre no fue precisamente un progenitor amoroso, aunque nunca tuve que volver a preocuparme por el dinero y me imaginé que al final había conseguido lo que quería. Mi madre fue la que de verdad sufrió, no yo.

Cat levantó la cabeza para mirarle y él frunció el ceño.

–Eh, ¿por qué lloras? –preguntó, tocando la humedad de la mejilla.

Ella se la secó rápidamente porque no quería perder el control.

–Es que es una historia muy triste.

–Ya te había advertido de que era algo feo.

No era fea, sino desesperadamente triste. El gran amor de sus padres convertido en una relación tóxica lo había pillado a él en medio, y nada era culpa suya, pero decirle eso no iba a servir de nada porque había vivido con la vergüenza y la culpabilidad de la muerte de su madre durante mucho tiempo.

–¿Estaría cruzando la línea si te contara yo algo sobre mí, Zane?

A pesar de toda su inexperiencia y su inocencia en cuanto a relaciones, había algo que comprendía bien: lo que era ser un niño y culparte por algo que escapaba a tu control.

La sonrisa que esbozó en los labios le hizo comprender lo solo que se sentía.

–Estás desnuda en mi cama, Catherine. Creo que podemos decir que ya hemos cruzado esa línea.

Ella asintió complacida.

–Cuando tenía seis años, mi madre dejó a mi padre por otro hombre, uno de los muchos con los que había tenido aventuras, y nunca volvimos a verla. Mi padre quedó devastado, roto en muchos sentidos.

Zane enarcó las cejas y le acarició la mejilla.

–Cuánto lo siento, Catherine. No lo sabía.

–No pasa nada. Ocurrió hace mucho tiempo.

–Sí, pero… eras una niña.

«Tú también», quiso decirle, pero se contuvo para poder hablarle y que pudiera comprender que él no era la única persona que había cometido el error de sentirse responsable por las elecciones de los demás.

–La cuestión es que yo me culpé a mí misma porque le hablé a mi padre del hombre con el que se estaba viendo mi madre. Yo entonces no sabía que tenían una relación. Solo lo conocía como «el amigo especial de mamá», que era como ella lo llamaba cuando venía a casa mientras mi padre estaba en el trabajo. Mi madre me dijo que no se lo dijera a mi padre, que sería nuestro secreto, pero yo se lo conté.

Tuvieron una pelea tremenda y ella se marchó, y esa fue la última vez que la vi.

Y desde entonces se había culpado, no solo de la marcha de su madre, sino del dolor de su padre. La culpabilidad había estado siempre presente porque si no, ¿por qué le resultaba tan difícil llegar a intimar con un hombre? Lo suyo con Zane había sido totalmente irresistible, pero siempre se había mantenido alejada del sexo porque, de un modo infantil, no quería ser como su madre.

–Esa es la tontería más grande que he oído –contestó él, tomando su cara entre las manos–. Tenías seis años, y de ningún modo podías saber qué estaba pasando.

–Lo sé, pero ahora me doy cuenta de que, durante años, utilicé lo que ocurrió como excusa para vivir acobardada en todos los aspectos de mi vida –«hasta que decidí venir a Narabia contigo»–. Pero si lo que ocurrió con mi madre no fue culpa mía, ¿cómo puedes ser tú culpable de lo que le sucedió a la tuya?

–Yo tenía catorce años y suficiente experiencia para haber obrado mejor. Tú solo eras una niña.

Le ofreció una devastadora sonrisa y con una mano le acarició el muslo y le apretó las nalgas, enviando unos deliciosos mensajes de calor a su sexo.

Era una técnica de distracción y los dos lo sabían. Pero, cuando él se movió y rozó con su erección la cadera de Cat, el temblor del deseo le pareció un alivio.

¿Quién podía dudar de que el sexo era la parte más sencilla y clara de cualquier relación?

–¿Estás intentando decirme algo, Zane? –preguntó, riéndose.

–No. Decir, no. Demostrar.

Y comenzó besándola levemente y sin prisa antes de hundirse en los pliegues de su sexo y encontrar el nudo inflamado de su clítoris.

La risa se transformó en un gemido de placer, y todo quedó olvidado a excepción de la gloriosa sensación de sentirse poseída por aquel hombre complejo y poderoso.

Si aquella noche era cuanto podían tener, sería una locura no aprovecharla.

–¿El jeque se ha ido sin mí?

Cat estaba a la suave luz de la mañana contemplando aturdida el horizonte y con el corazón latiéndole a un ritmo desigual.

Zane la había conducido al clímax dos veces más durante la noche. Le había enseñado cómo darle placer con las manos, la boca, la lengua... y había hecho lo mismo por ella, pero cuando uno de los sirvientes de Kasim la despertó, la tienda estaba vacía y no quedaba ni rastro de Zane, excepto el rastro de su olor.

Por un momento se preguntó incluso si lo habría soñado todo: las confidencias, las emociones, la intimidad. Se había sentido a salvo en sus brazos y en aquel momento se sentía abandonada.

–Mi hermano se marchó antes de que amaneciera –dijo Kasim, observándola.

Kasim lo había preparado todo para que pasaran la noche juntos y exponer a su hermano al ridículo aquella mañana. ¿Sería esa la razón por la que Zane se había marchado sin decir una palabra? ¿Para salvar su reputación? Parecía la única explicación posible, y se aferró a ella para mantener impasible el rostro. Ya había sido abandonada en una ocasión y podría sobrevivir a esa hasta que averiguase la razón.

–Entiendo.

–Me pidió que la llevase hasta Allani, donde habrá un vehículo esperando para conducirla al palacio.

–Pero yo no sé montar.

El ruido de un resoplido la sobresaltó y al volverse vio un grupo de hombres que conducían varios camellos. Cuando aquellas gigantes criaturas se acercaron, resoplando, masticando y escupiendo, un penetrante olor a orina y compost se apoderó del aire del desierto.

–Eso no es problema –contestó Kasim sonriendo, y le recordó al hombre encantador en exceso con el que había cenado la noche anterior–. Abdullah y sus pastores le enseñarán cómo montar en camello –y acercándose le susurró–: Asegúrese de echarse hacia atrás cuando arranquen y cuando paren, o Zane me pateará el trasero por comprometer la dignidad de su mujer.

A pesar de tener la garganta contraída, sonrió. Lo que habían compartido la noche anterior siempre estaría en su corazón.

Capítulo 8

LAS SEMANAS siguientes, Cat las pasó trabajando duro en el proyecto y obligándose a no pensar en su breve interludio con el jeque.

Al llegar de vuelta del Oasis Kholadi, tras un viaje en el que descubrir los gozos de montar en camello, Ravi la había recibido diciéndole que Su Divina Majestad no iba a estar disponible durante unas semanas ya que tenía previsto viajar en misión diplomática a países vecinos.

Y se había visto obligada a enterrar bien hondo su dolor y su desilusión. Zane no le había hecho promesa alguna, y ella tampoco a él. Simplemente habían estado explorando su conexión sexual, nada más y nada menos. Tenía que ponerlo todo en perspectiva porque, en dos meses, su visita a Narabia concluiría y volvería a Cambridge siendo una mujer más sabia y más experimentada, y, si sus noches seguían llenas de sueños eróticos de los que se despertaba sudorosa y necesitada, sería una cruz que llevaría de buena gana por las dos noches que había pasado en los brazos de Zane.

Con la ayuda de Ravi y Kasia, organizó una serie de entrevistas grupales con ciudadanos de todo el espectro de la sociedad narabita. Cada noche, al volver al palacio, apenas podía contener su entusiasmo por esas conversaciones, y por el progreso que estaba haciendo con el estudio. Su único lamento era que no podía comentarlas con Zane. Le habría encantado contar con su perspectiva única sobre la compleja cultura y tradiciones de su país.

–Pareces cansada –le dijo Kasia. Habían vuelto tras un periplo largo y polvoriento hasta el campamento de los trabajadores de un campo de petróleo, y estaban de vuelta en sus habitaciones–. ¿Quieres que cancelemos el viaje de mañana a Kavallah? –sugirió mientras vertía agua en la palangana.

–Estoy bien –contestó Cat antes de lavarse la cara. Lo cierto era que estaba agotada. Llevaba días estándolo. Pero solo podía atribuirse a los días que llevaba sin dormir.

Tenía que dejar de obsesionarse con Zane y con lo suyo.

–Ravi dice que el jeque ha salido hoy en misión diplomática a Zahar –le contó Kasia mientras echaba agua en otra palangana para ella.

Cat intentó aminorar la tristeza que se le alojaba en el pecho y el rubor que le teñía las mejillas cada vez que se mencionaba a Zane.

–¿Cuándo volverás a hablar con él sobre el proyecto? –preguntó Kasia mientras encendía la lámpara de aceite bajo el samovar para poder preparar el té que solían tomar después de sus viajes de campo.

–No lo sé.

–¿Cuánto tiempo hace que el jeque y tú estuvisteis juntos en su cama?

Cat volvió a echarse agua en la cara para mitigar el calor. Kasia y Ravi eran las dos únicas personas que sabían que había pasado la noche con Zane en aquella ocasión, y les habían dado instrucciones de que no hablasen de ello jamás. Y la joven nunca lo había hecho hasta aquel momento.

–Kasia, no debes hablar de ello. Ya te dije que sería un error.

–Yo creo que debemos hablar de ello –respondió la muchacha mirándola de un modo extraño.

Un muchacho entró con una bandeja de las pastas que solían tomar con el té. Estaban deliciosas y Cat se había vuelto adicta a ellas, pero después de un viaje tan largo y polvoriento, no le apetecían demasiado.

Kasia llenó una taza de porcelana con el té, puso una pasta en el plato y el muchacho hizo una reverencia y se marchó.

–Y será mejor que no volvamos a mencionarlo nunca –añadió, y con un gesto rechazó el plato que Kasia le ofrecía–. Creo que hoy no voy a tomar.

El aroma a lavanda y pistacho hizo que su estómago se diera la vuelta.

Kasia bajó el plato.

–Ha pasado un mes desde aquella noche, y ni siquiera puedes tomarte una *baklava*.

–¿Qué?

¿Ya había pasado un mes? No había contado los días, dado que las posibilidades de que se quedara embarazada eran muy pequeñas. Además, tenía los pechos inflamados y el estómago sensible, lo cual le hacía estar segura de que su periodo estaba a punto de comenzar.

Kasia sonrió.

–El jeque tiene que casarse contigo si has concebido a su heredero –explicó, entusiasmada–. Y podrás quedarte para siempre en Narabia como nuestra reina.

La sorpresa le aplastó el estómago, pero con ella llegó también la emoción que la había asaltado la noche que durmió en el campamento kholadi, anterior a la llegada de Zane.

Pero antes de que pudiese valorar cuál era esa emoción, el estómago se le subió a la garganta con una oleada de bilis.

Soltó el té sobre la bandeja de cobre y, tapándose la boca, corrió al baño.

El contenido de su estómago se vació en el inodoro entre espasmos. Un paño húmedo le cubrió la frente. Kasia se había arrodillado junto a ella.

–No puedo estar embarazada… –dijo. Un embarazo sería un desastre, para ella y para Zane.

–Yo he comido lo mismo que tú y no he vomitado –dijo la chica–. Estás cansada y el pecho… –miró el corpiño de Cat, que parecía a punto de estallar–. Están más llenos, ¿verdad?

–No puedo estar embarazada, Kasia –murmuró Cat, aterrada. No quería provocar una crisis constitucional, ni obligar a Zane a contraer un matrimonio que no deseaba.

«Estás yendo demasiado deprisa. No hay nada confirmado».

–Pero no has tenido la regla desde que te acostaste por primera vez con el jeque, ¿no?

Kasia no parecía entender que Cat no estuviera tan encantada como ella ante la posibilidad de un embarazo no planificado.

–¿Qué día es hoy? –preguntó, intentando controlarse. Su ciclo no siempre era regular, y había tenido un periodo de solo cuatro días antes de su primera noche con Zane. En su noche en el desierto, no había habido penetración, así que no tenía que dejarse llevar por el pánico.

–Quince de abril.

Cat calculó frenéticamente las fechas, y el corazón se le subió a la garganta cuando acabó con las cuentas. Treinta y ocho días desde su última regla.

Se llevó la mano al estómago. El miedo y la confusión, acompañados por una honda punzada de protección, junto con aquella extraña emoción que no había podido identificar en el oasis, hicieron acto de presencia.

Se dejó caer pesadamente en el diván.

–Dios mío…

Nunca se había retrasado tanto. Contra todo pronóstico, podía estar embarazada del jeque.

–Ahora el jeque tendrá que volver a palacio y hablar contigo –sentenció Kasia, ilusionada por la idea de su reencuentro.

Todo lo contrario a lo que sentía Cat, porque acababa de identificar lo que era aquella emoción desconocida, por absurda e inapropiada que fuera en aquellas circunstancias.

No era pánico, ni aturdimiento, ni temor… era esperanza.

Su Divina Majestad,

La doctora Smith me ha solicitado que le haga una petición. Necesita concertar una cita con Su Majestad a su vuelta de Zahar y desea saber cuándo sería posible.

Saludos de su humilde siervo,

Ravi

Zane se quedó mirando la nota que le había pasado uno de sus consejeros. La altisonante bienvenida que el príncipe heredero de Zahar le estaba dedicando en un dialecto que él no hablaba pasó a un segundo plano y volvió a leer las líneas de la misiva. Y otra vez más. Las emociones que había intentado controlar durante las últimas semanas, en aquellas desesperantes e interminables misiones diplomáticas, se le subieron a la garganta, más vivas y fuertes que nunca.

Pasión. Deseo. Preocupación. Sorpresa. Y quizás, la más inquietante de todas ellas, una intensa sensación de responsabilidad.

¿Qué razón podía tener Catherine para ponerse en contacto con él, aparte de la más obvia?

Le había costado la vida misma salir de sus brazos cuando empezaba a clarear el alba hacía ya un mes y vestirse en la oscuridad, dejando atrás su maravilloso cuerpo entre las sábanas y el embriagador aroma del sexo haciéndole diabluras en el cuerpo.

Había hecho lo correcto. No podía quedarse. No podía correr el riesgo de quedarse dormido en sus brazos. Había estado a punto de revelarle la verdad de lo que había ocurrido la noche antes de ser raptado por su padre, y en las semanas que habían pasado, había esperado que la necesidad y aquella aterradora sensación de conexión se disiparan.

Pero, a pesar de su desesperación por interponer distancia entre ellos, la necesidad de verla, de hablar con ella, de tocarla y saborearla no se había apaciguado. Más bien al contrario. ¿Y ahora aquella nota?

Debería ignorarla. No decía que fuese urgente, y le estaría enviando señales equivocadas si se apresurara a volver solo porque ella se lo pedía.

Pero la sensación de urgencia y anticipación hizo que la laringe se le contrajera recordando la suavidad de su pelo, el roce de sus pechos temblando mientras le hablaba de la madre que la había abandonado.

No había sido el único que había mostrado vulnerabilidad aquella noche.

–Majestad, el príncipe heredero desea que lo acompañe a sus establos. Tiene un semental que quiere ofrecerle como regalo.

Zane levantó la cabeza al oír las palabras de uno de sus diplomáticos.

Así que el príncipe Dalman había terminado por fin de hablar.

Zane arrugó la nota y se la guardó en el bolsillo de la túnica, y antes de volver a pensarlo, dijo lo que había querido decir nada más leerla:

–Dígale al príncipe que lo siento mucho, pero que tengo un asunto urgente del que ocuparme en Narabia y debo volver.

El consejero tuvo un primer momento de sorpresa porque quizás él había transcrito la nota, pero lo disimuló bien.

–Sí, Su Divina Majestad.

–Ravi me ha dicho que deseabas verme.

Cat intentó contener sus nervios y la sorpresa de haber sido convocada al despacho de Zane apenas tres horas después de haberle pedido audiencia.

Después de las náuseas del día anterior y las de aquella misma mañana, cada vez estaba más convencida de que estaba embarazada, pero esperaba contar con algunos días para prepararse, para decidir qué hacer, y lo último que se imaginaba era que iba a verlo tan pronto.

El hecho de que verlo tan magnífico con sus ropas ceremoniales le hubiera despertado los recuerdos de la última vez que lo había visto desnudo en su cama, no ayudaba demasiado.

–Gracias por recibirme –dijo, insegura de cuál era el protocolo en un momento así.

–Déjenos solos, Ravi –dijo Zane–. Y no quiero que nos molesten.

El consejero se inclinó y salió.

Cat sintió la intensidad de la mirada de Zane en cada centímetro de su piel. Aun con aquella larga túnica se sentía expuesta, nerviosa, aterrada ante su posible reacción. Respiró hondo e intentó hacer acopio de valor.

–¿Ya has tenido la menstruación? –disparó él, sin dejar de mirarla a los ojos, pero impenetrable.

–No, aún… aún no –balbució–. Yo… por eso quería verte.

¿Qué era aquella mínima reacción que había visto en su cara? ¿Sorpresa? ¿Irritación? ¿Preocupación? ¿Por qué le resultaba tan difícil identificar sus pensamientos?

Zane asintió e indicó el sofá de cuero que había bajo la ventana de arco.

–Siéntate, Catherine, no vayas a caerte –dijo con voz tensa, pero no exenta de amabilidad.

Se sentó en el borde, y Zane la sorprendió tomando las manos que ella tenía entrelazadas en el regazo para acariciar sus nudillos con el pulgar. La oleada de necesidad que sintió la sorprendió tanto que quiso apartar la mano, pero él no se lo permitió.

–Te has mordido las uñas –observó Zane–. ¿Por qué estás tan nerviosa?

–Creo que… creo que necesito hacerme una prueba de embarazo –explotó Cat.

Él no soltó su mano, ni pareció enfadado o molesto. Ni siquiera frustrado. Su expresión permaneció neutra, pero apretó su mano.

Al final, asintió.

–¿Has tenido algún otro síntoma? –preguntó, sereno.

–He vomitado un par de veces, y tengo los pechos hinchados y muy sensibles.

Zane bajó la mirada al lugar indicado.

–Sí, ya lo veo.

Cat enrojeció.

–Creía que estaba a punto de tener la regla –explicó–, pero ya han pasado treinta y ocho días, y nunca he tenido tanto retraso.

–¿Tienes muchas náuseas?

–No muchas –suspiró y por fin se soltó de su mano–. Lo siento mucho, Zane. Sé que no querías que esto ocurriera.

–Catherine, no empieces otra vez a disculparte –le dijo con una leve sonrisa que a ella le dio seguridad. Por lo menos no estaba enfadado, y eso tenía que ser bueno, ¿no?–. Primero, asegurémonos de si es un embarazo o no.

–¿Y luego, qué? –se obligó a preguntar Cat mientras él se levantaba.

–Luego –respondió, sujetándole la barbilla con dos dedos–, estudiaremos nuestras opciones.

Pero al tiempo que él iba a la puerta a buscar a Ravi para pedirle que llamase al médico del palacio, el corazón comenzó a saltarle dentro del pecho, chocándose con las costillas, como una bomba esperando explotar.

¿De qué opciones hablaba?

–Entonces, ¿no hay error posible? ¿La doctora Smith está embarazada? –preguntó Zane al doctor Ahmed, sorprendido de conseguir que sus facciones e incluso su voz conservasen la naturalidad.

Pasara lo que pasase, Catherine era responsabilidad suya. Catherine y su hijo.

–Sí, Su Divina Majestad. Estimo que está de cuatro semanas. Los análisis de sangre y de orina lo confirman. Y mañana podría hacerle una ecografía en la clínica de Zahari –ofreció.

Resultaba irónico que una de sus primeras decisiones como jeque había sido invertir en una red de clínicas de maternidad dotadas con la última tecnología. No esperaba necesitarla tan pronto.

–Hágalo.

–¿Es así como desea proceder?

–¿Por qué no iba a querer? –le preguntó Zane, confuso por su respuesta.

–¿Puedo preguntarle, Su Divina Majestad, si el niño es hijo suyo?

Le sorprendía que se hubiera atrevido a hacerle esa pregunta. Nadie cuestionaba al jeque.

–Sí, lo es.

El hombre frunció el ceño.

–Esta mujer no es de Narabia. Quizás llevarla a la clínica de Zahari no sea lo mejor –carraspeó–, dado que alertaría a la población de su estado... lo que obligaría a Su Majestad a tomar una decisión.

Zane experimentó un ataque de rabia. ¿Qué estaba sugiriendo aquel hombre? ¿Que no reconociera a su hijo? ¿O quizás otra cosa peor?

Aquel embarazo había sido un accidente. Un accidente que podían haber evitado tomando precauciones. Pero él quería que se quedase, así que había asumido el riesgo. Y ahora, si reconocía al niño, ella se vería obligada a casarse con él. O, peor aún, no podría elegir si seguía adelante con el embarazo o si no.

Pero todo en él se rebelaba ante la idea de ofrecerle a Catherine la elección. Era su hijo, su heredero. No quería que renunciase al embarazo. Y seguía deseando a Catherine, más de lo que había deseado a cualquier mujer, aunque seguro que eso se consumiría con el tiempo, a pesar de que llevaba torturándole más de un mes.

Y por el rubor que había encendido la cara de Catherine cuando él había mencionado sus pechos y había dejado que su mirada llegara al borde de su escote, a ella también seguía torturándola.

Conocer el embarazo no le había provocado el pánico que se imaginaba, pero más sorprendente aún era el hecho de que, por egoísta que fuera, no quería correr el riesgo de perder a su hijo.

Lanzó al médico una mirada abrasadora.

–Irá a la clínica de Zahari para la ecografía.

Consciente de su error, el médico hizo varias reverencias y se deshizo en disculpas.

–Que la vean mañana –le cortó Zane–. Ahora necesito hablar con Catherine en privado.

–Sí, Majestad. Le espera en mi consulta.

Abrió la puerta y Catherine levantó rápidamente la cabeza. Estaba sentada en la camilla con un camisón de hospital. Desgraciadamente, la prenda no servía para ocultar sus voluptuosas curvas y una erección pulsó en su vientre al imaginarse a su hijo mamando de sus pechos al cabo de ocho meses.

Quería verlo, con una pasión que le sorprendía. Pero antes tenía que persuadir a Catherine de que su futuro y el del niño estaba allí, con él.

Quizás no podía ofrecer amor a ninguno de los dos, pero el amor era una emoción voluble y destructiva. Se lo habían enseñado sus padres.

Lo que podía ofrecerle a su hijo era su apellido y su herencia, y a Catherine su protección, su riqueza y, mientras durase, toda la pasión que pulsaba en sus venas.

–¿Qué ha dicho el médico? –preguntó ella, aunque ya se lo había imaginado cuando el doctor había salido de la consulta diciendo que tenía que informar al jeque.

Y ella llevaba sentada en aquella camilla al menos veinte minutos intentando controlar el pánico que la multitud de posibles escenarios que tenía en la cabeza le estaba provocando.

Zane la tomó de la mano, se sentó a su lado y le pasó un brazo por los hombros.

–Parece que vas a ser la madre de mi heredero, Catherine –dijo, y la besó en la mejilla.

Ella respiró hondo, pero el miedo dejó paso a la emoción ante aquella demostración de ternura.

–¿No estás enfadado?

–No. ¿Y tú?

Ella negó con la cabeza y tuvo que secarse una lágrima.

–No. Estoy… –¿cómo estaba? ¿Aturdida? ¿Maravillada? ¿Sorprendida? ¿Feliz? ¿Asustada? Todo eso y mucho más–. No estoy enfadada. Me parece que es algo bueno, aunque vaya a ser un reto. ¿Qué… qué vamos a hacer ahora?

Había dicho que el bebé sería su heredero, pero eso ¿qué significaba? ¿Que le iba a pedir que se quedase en Narabia?

Renunciar a su vida en Cambridge no le costaría demasiado. Había descubierto un lado aventurero de su naturaleza en el último mes y medio que le había hecho casi imposible volver a la existencia encerrada y académica que llevaba antes. Kasia ya era una amiga íntima, una confidente con la que había compartido más cosas que con cualquiera de las colegas con las que había compartido cafés, comidas, cenas y teatros a lo largo de los años. Y en cuanto a sus estudios, disfrutaría de tener la oportunidad de pasar años allí y descubrir todos los secretos de aquel fascinante país.

Pero ¿cómo sería su vida en Narabia como la madre del hijo del jeque? ¿Viviría en palacio? ¿Cómo iba a poder estar allí, tan cerca de Zane, y no ansiar estar con él? Pero… ¿qué derecho tenía a pedir más? Aquel embarazo había sido un accidente, y ya le había dejado claro que no tenía deseos de continuar con su breve relación sexual. E incluso si llegaba a ofrecerle más, ¿cómo podría aceptarlo, sabiendo que era solo por estar embarazada de él?

Sujetándola por los hombros, la hizo girarse y mirarle a los ojos.

–¿Quieres tener al niño? –le preguntó.

Ella se estremeció con la intensa emoción que vio en sus ojos azules.

–Sí –dijo, y asintió con la cabeza.

Zane le rozó la mejilla con el pulgar para recoger otra lágrima.

–Entonces solo hay una respuesta a tu pregunta. Nos casaremos y serás mi reina.

–¿Qué?

Su sonrisa fue tal que el corazón se le estrelló contra las costillas.

–Tienes que casarte conmigo, Catherine –repitió él, como si fuera la cosa más obvia del mundo.

–Pero… pero yo no… yo no puedo.

–¿Por qué no?

–Porque… –tantas objeciones se le agolpaban en la cabeza que no podía elegir solo una–. Para empezar, no soy de Narabia. ¿Cómo iba a ser tu reina? Tu pueblo tendría todas las objeciones del mundo para…

–Calla –le pidió Zane, poniéndole un dedo sobre los labios–. Yo soy medio estadounidense. Mi madre era estadounidense, y el pueblo me recibió bien porque fui el elegido por mi padre. Si yo te elijo a ti, esa es toda la legitimidad que vamos a necesitar.

–¿Y por qué ibas a elegirme?

Era la pregunta que más inseguridad le generaba. Había visto desintegrarse el matrimonio de sus padres y aún recordaba las palabras de ambos al separarse aquella noche:

–Por favor, Mary, quédate. No nos dejes. Yo te quiero y Cat te necesita. Lo solucionaremos.

Su madre había sido implacable en su respuesta:

–El problema es, Henry, que no estoy segura de haberte querido alguna vez, y estoy segura de que a Cat le irá bien sin mí. Siempre te ha sido más leal a ti que a mí.

Esas palabras le habían destruido. Había sido un buen hombre, un padre dedicado, pero desde aquel día algo cambió en él. Dejó de sonreír como lo hacía cuando estaba su madre, y no volvió a reír con el mismo abandono.

En cierto sentido, ella había intentado llenar el vacío que había dejado su madre, pero no lo había logrado porque carecía del espíritu de ella, de su carisma, de su encanto.

No podría soportar tener que ocupar ese papel de nuevo. Ni siquiera por el bien de su hijo.

–Porque vas a tener un hijo mío –contestó él, poniendo la mano sobre su vientre–. Y porque sigo deseándote mucho. Muchísimo.

–¿En serio? ¡Yo creía que ya no!

–¿Por qué pensabas eso?

–Porque me dejaste al amanecer, y desde entonces has estado evitándome –contestó ella, y admitió por primera vez lo mucho que le había dolido su ausencia.

–Intentaba protegerte –respondió él en voz baja.

–¿De qué?

–De mí –Zane se rio–. Y dadas las circunstancias, menuda tontería.

Ella también se rio.

–Yo también sigo deseándote –confesó.

Saber que él la deseaba tanto como ella a él resultaba embriagador. Y la hacía sentirse poderosa.

Zane tiró de sus caderas y la sentó sobre su regazo y ella le rodeó las caderas con las piernas. Sintió tensarse los músculos de sus hombros y acelerarse su respiración mientras le recorría la espalda. Su erección empujaba contra su sexo, y se frotó contra su pene mientras él capturaba sus labios.

El beso fue urgente, exigente, posesivo, elemental, demasiado y, al mismo tiempo, insuficiente.

La sensación de conexión, de empatía, de necesidad creció dentro de ella. Aquella pasión, aquel deseo, tenían que significar algo, ¿no?

Las inseguridades que la habían asediado se tornaron ceniza mientras él le devoraba la boca.

–Maldita sea... –murmuró un momento después–. No podemos. Aquí no. Ni ahora tampoco.

La levantó de su regazo y se puso en pie. La erección se veía perfectamente debajo de sus pantalones.

–Debemos esperar hasta la boda.

Y, para sorpresa de Catherine, hincó una pierna delante de ella. El gesto fue tan romántico que se le paró el corazón. Tomó sus manos y todas las inseguridades que su beso había acallado volvieron en tropel.

–Cásate conmigo, Catherine, y sé mi reina –le pidió.

Debería contestar que no, le susurró su vocecita interior. Aquella proposición nacía del sentido del deber y de la pasión, y eso no podía ser suficiente. Ni siquiera habían hablado de un compromiso emocional. Él no la quería, y ella sabía ya que sería demasiado fácil enamorarse de él por completo.

Pero todas las preguntas y las dudas se le quedaron en los labios cuando aquella espontánea burbuja de esperanza se expandió dentro de su pecho.

El matrimonio era un paso muy importante, pero tener un hijo lo era todavía más. Y ese paso ya lo estaban dando.

Aquello no era un final, sino un comienzo, y el deber y la pasión eran sentimientos firmes sobre los que poder construir.

Además, el amor nunca llegaba con garantías. Podía ser voluble como el de su madre, o volverse retorcido y destructivo como les había ocurrido a los padres de Zane.

¿Podía ser aquella su oportunidad de aprender de los errores? ¿Por qué aquel matrimonio no iba a conducir a algo maravilloso?

–Mi ego se está muriendo en este momento, Catherine –declaró Zane, riéndose.

–De acuerdo –dijo ella al fin, y vio cómo la tensión que tenía su mentón se relajaba.

–Gracias a Dios –respondió él–. No estoy acostumbrado a estar tanto rato de rodillas –bromeó, y ambos se rieron.

Ya de pie, la abrazó contra su cuerpo, y la felicidad la llenó por completo. Le importaba. Los dos querían aquello, y eso era más que suficiente por el momento.

–La boda va a tener que ser algo institucional –dijo Zane–, pero le pediré a Ravi que no se vuelva incontrolable y multitudinaria. Ya he esperado más que suficiente para volver a tener a mi mujer en mi cama.

La urgencia de su tono fue como un afrodisiaco, pero, cuando la besó en la frente, un pozo hondo se abrió dentro de ella y la misma sensación de vértigo que la paralizó cuando él le habló de ir a Narabia volvió a congelarla, porque en aquella ocasión, el precipicio era mucho más hondo, el aterrizaje mucho más aventurado y su capacidad para impedir caer desde el borde mucho más incierta.

Capítulo 9

LA CEREMONIA manejable y reducida de la que Zane le había hablado resultó ser cualquier cosa menos eso.

Tras una semana de planificación y preparativos, se organizó un viaje por Narabia durante el que a Catherine se le fue hablando de sus nuevas tareas como prometida de Su Divina Majestad. Una vez volvieron al palacio, dos días de fiestas con quinientos invitados anticiparon la firma de un largo documento en el que Zane se comprometía solemnemente a cuidar de Cat y de su hijo antes de ofrecerle un cofre de oro lleno de joyas que a ella le pareció el botín de una película de piratas.

Toda la experiencia resultó desbordante, y para cuando la verdadera ceremonia de las nupcias se acercaba, Cat se sentía como si estuviera viviendo en una realidad paralela.

Aparte de la serie de pruebas a las que hubo de presentarse para que su guardarropa fuera adecuado para una reina, las interminables reuniones con los consejeros financieros, legales y religiosos de Zane para que la pusieran al tanto de las costumbres y legalidades del matrimonio, y las clases intensivas de lengua en las que se había embarcado con Kasia para poder conversar con fluidez, Cat no tomó parte en la organización, de lo cual casi se alegró, porque el banquete ya fue agotador en sí. Zane y ella, acomodados en dos tronos, vieron pasar ante sí a príncipes, reyes y dignatarios que acudieron a presentar sus respetos a la esposa del jeque. Intentó aprenderse sus nombres y responderles lo mejor que pudo en su propia lengua.

La cuestión era que se sentía agotada cuando Kasia y ella pudieron abandonar al fin la fiesta para dirigirse a la cámara nupcial.

Salió al balcón de la elegante cámara, que el personal del palacio había pasado días preparando para ella, y contempló los fuegos artificiales iluminando el cielo por encima del jardín.

Kasia le llenó de agua caliente una bañera de cobre mientras ella escuchaba la música y la diversión que aún estaban en pleno apogeo, y después la ayudó a quitarse el vestido rojo escarlata bordado con hilo de oro que había llevado para la ceremonia.

Había sentido la mirada de Zane todo el día, y en aquel momento sentía tensa la piel, los pechos hinchados y sensibles, y el vientre vivo con la mezcla de anticipación y ansiedad que la había acosado durante días mientras ambos se ocupaban de lo que parecía una lista interminable de deberes oficiales.

Aún no estaba segura de saber dónde se había metido, pero lo que le había parecido una maravillosa aventura ya no lo era tanto. Ya sabía que estaba enamorada de aquel país fascinante y su cultura, pero mucho más inquietantes eran sus sentimientos hacia Zane.

En aquellas dos últimas semanas, mientras la preparaban para la boda y la llevaban por todo el país a su lado, no había tenido ocasión de hablar con él, y había empezado a darse cuenta de lo poco que sabía de Zane.

En realidad, eran unos desconocidos. Aquella noche en la tienda, en la que él compartió unos cuantos detalles trágicos de su niñez, parecía a años luz de distancia. El adolescente solitario y vulnerable parecía a kilómetros de distancia del indómito y autocrático dirigente con el que había estado aquellos últimos días.

Kasia la ayudó a meterse en la bañera y ella dejó escapar un hondo suspiro con el perfume de lavanda inundándola.

–Has sido una novia guapísima –dijo Kasia, quitándole las horquillas del recogido que un batallón de estilistas había tardado varias horas en elaborar–. El jeque no podía apartar la mirada de ti. Es un hombre enamorado.

Cat sintió que se le encogía el corazón al oír una declaración tan romántica.

–Los consejeros culturales de Zane me han dicho que el amor no es un requerimiento ineludible para el éxito de un matrimonio narabita. Especialmente en lo que respecta al del jeque.

–¿Qué sabrán de eso un montón de viejos? –exclamó Kasia echándole el champú–. El jeque es muy guapo y solo tiene ojos para ti, y esta noche volverá a hacerte suya. Entonces sabrás lo que siente.

Cat lo dudaba, pero al menos se sentiría más segura. Era la distancia de aquellas dos últimas semanas lo que había hecho florecer sus inseguridades. Cuando volviera a estar en sus brazos, la esperanza y la euforia volverían.

En las tres ocasiones que habían tenido para hablar a solas, se había mostrado considerado, atento y solícito, preguntándole si tenía náuseas o si descansaba lo suficiente, a pesar de la enormidad de las responsabilidades que pesaban sobre sus hombros. Estaba sacando las cosas de quicio y Kasia tenía razón. Aquella noche era el comienzo de una nueva fase en su relación. No habían hablado de amor, pero sí de compromiso. ¿Qué mayor compromiso que el matrimonio?

Cat se miró al espejo. El camisón que habían escogido para el momento era de un rojo intenso, y aunque no era tan elaborado como el vestido de novia, resultaba mucho más revelador, sobre todo porque Kasia había insistido en que no se pusiera ropa interior.

–El jeque no querrá esperar, y tú, tampoco –le había dicho como si fuera una experta cortesana, y no una muchacha virgen de diecinueve años.

Un bordado con hilos de plata y oro y piedras que parecían joyas adornaba el cuerpo y el escote del camisón, y el tejido parecía flotar, acentuando sus curvas y la uve profunda del escote que casi le llegaba al estómago.

Kasia le había secado el pelo después del baño y sus ondas brillaban a la luz de las velas, y también ella le había retirado el maquillaje nupcial para darle apenas un toque de brillo en los labios.

Respiró hondo. No reconocía en aquella imagen a la académica ratonil que había conocido a Zane hacía menos de tres meses en el despacho de Walmsley. Era la de una mujer sensual y atrevida que controlaba su propia sexualidad, lo cual no era del todo cierto, porque seguía sin ser la mujer más experimentada del planeta.

Aun así, ya había empezado a saborear lo bueno. Aquel cambio tan dramático en su vida y en sus circunstancias era a veces sobrecogedor, debido sobre todo a que no se lo esperaba. Nada la había preparado para aquel viaje, pero eso no quería decir que no pudiera adaptarse y disfrutarlo.

–Déjanos, Kasia.

Cat se volvió sorprendida y se encontró con que Zane estaba en la puerta rematada en arco de la cámara nupcial.

Ya no llevaba el traje ceremonial. Los sables, las botas y el tocado habían desaparecido, y su cabello corto brillaba a la luz de las velas. Pero seguía estando magnífico con aquellos ajustados pantalones oscuros y una túnica bordada que tenía un escote en uve profundo que revelaba demasiado de su pecho.

–Sí, Su Divina Majestad –contestó Kasia con una reverencia y salió, no sin antes dedicarle a Cat una pícara sonrisa.

Respiró hondo cuando él se le acercó. Iba descalzo y no hacía ruido sobre las alfombras.

–Estás exquisita –le dijo, rozando con un dedo el pulso que le latía en la base del cuello.

–Gracias. Tú también.

–Creía que la ceremonia no iba a terminar nunca –sonrió, y con el mismo dedo trazó la forma del oscuro pezón que sobresalía en la seda transparente del camisón.

El pezón se excitó y ella contuvo el aliento, sorprendida por lo inmediato de su excitación, que ya se había transformado en humedad entre las piernas.

–¿Están más sensibles? –le preguntó, y ella asintió. ¿Por qué todas sus reacciones ante aquel hombre eran tan extremas?

–Es un camisón precioso –dijo, tocando la seda, e

inesperadamente tiró del escote y rasgó la seda–. Pero enteramente superfluo.

El sonido llenó la habitación y ella dio un respingo, pero al mirarlo vio en sus ojos la pasión brutal y la demanda desesperada, y el deseo explotó dentro de ella, arrasando con todo: dudas, temores, inseguridades… todo desapareció, quedando solo la abrasadora necesidad.

Antes de que pudiera pensar en cubrirse, Zane la tomó en brazos y la llevó así a la habitación contigua, en la que había una cama inmensa en el centro, adornada con guirnaldas de flores de intenso perfume, pero en cuanto la dejó sobre las sábanas y se quitó la ropa, nada más que su imagen tuvo acceso a su cabeza.

Todo el poder, toda la pasión estaba concentrada en las líneas duras de su cuerpo, en la piel suave y oscura, en las líneas sinuosas de sus músculos, en las cicatrices de su espalda, en el poderoso bulto de su erección.

Se acercó y aplicó la palma de la mano a su clítoris, y Cat dio un respingo sobre la cama, que él controló cubriendo con la boca un pezón y succionando con fuerza, haciéndola gemir. Pero eso solo fue la antesala, porque buscaba un orgasmo brutal acariciando sin tregua el punto entre sus piernas.

Catherine gimió, sollozó, intentó controlarse, intentó apartarse, pero se sentía atrapada por su propio deseo, por una necesidad salvaje que la sorprendió.

Y al llegar al final, las sensaciones se dispararon en ella como los fuegos artificiales que había visto antes. Luces brillantes de colores, irreales y portentosas, sacudieron sus terminaciones nerviosas y, antes de que hubiera podido recuperarse, la tomó por las caderas y la cabeza enorme de su erección entró entre sus pliegues inflamados.

Lo sintió inmenso, empalándola, llenándola. Se agarró a sus hombros, ya que el brutal orgasmo no cedía por el ritmo que él había impuesto y volvió a crecer, lanzándola de nuevo a la tormenta.

–Otra vez, Catherine. Déjate ir otra vez para mí.

Su voz, honda y torturada, se lo pidió, y ella se lo concedió.

Zane gimió largamente, y su gemido reverberó en la cámara mientras recibía su simiente.

Poco después, ambos sumidos en una especie de trance, Zane se retiró y la cubrió con la sábana antes de inclinarse de nuevo sobre ella y besarla en la frente como había hecho la tarde que la pidió en matrimonio. Pero, en esa ocasión, el beso pareció vacío, sobre todo porque se levantó de la cama y se dirigió al balcón que conectaba las dos habitaciones.

Vio su espalda rígida, las cicatrices más marcadas a la luz de las velas, que les confería un aspecto más grotesco, más trágico.

–Zane, ¿adónde vas?

–Vuelvo a mi habitación –respondió con una voz desprovista de emoción.

Ella se incorporó en la cama cubriéndose con la sábana. Se sentía más expuesta que cuando le había arrancado la ropa.

–Pero ¿no vas a dormir aquí conmigo?

Él se volvió y le dedicó una sonrisa que no llegó a sus ojos. En aquel momento, a pesar de estar desnudo, parecía el jeque, y no el hombre con el que había accedido a casarse.

–Tengo mis propias habitaciones al otro lado del jardín, Catherine. Prefiero dormir solo.

–¿No... no quieres estar conmigo?

¿Qué estaba pasando? ¿Por qué la trataba así?

Zane volvió a la cama y le puso una mano en la mejilla. El primer signo de ternura desde que había llegado.

–No te preocupes, Catherine. Haremos que esto funcione. Por ti y por mí, y por el bebé –apartó la mano–. Pero me temo que no hay sitio para los sentimientos en este matrimonio.

«¿Sentimientos?» ¿Qué quería decir? ¿Se refería a intimidad?

Pero antes de que pudiera dar voz a las preguntas, él añadió:

–Les dije a mis consejeros que te lo dejasen bien claro. Creía que lo habías entendido.

Todo cuanto había temido, todo lo que había calificado de paranoias, se transformó en una cruda y cruel realidad.

Y, cuando él salió, dibujado su contorno por la luz de la luna, un gemido le bloqueó la garganta.

«¡Contrólate, por Dios! Es nuevo en esto. Podremos solventarlo. Solo necesita acostumbrarse a mí».

Pero las lágrimas comenzaron a rodarle por las mejillas, porque aunque la razón le decía que estaba solo a unas habitaciones de distancia, sentía como si miles de kilómetros los separasen.

Zane estaba bajo la ducha, dejando que el agua caliente suavizara la culpabilidad que llevaba clavada en la garganta. Pero por desesperado que estuviera no podía hacer nada.

Aquel matrimonio iba a resultar mucho más duro de lo que se había imaginado. Mantener sus emociones y su necesidad, no solo de sexo, iba a ser una tortura. Se había dado cuenta nada más entrar en la cámara nupcial y ver a Catherine con una expresión tan abierta y tan esperanzada.

La excitación había sido inmediata e intensa, como siempre, pero detrás había acudido también la certeza de que nunca podría llegar a ser lo que ella necesitaba.

Se había pasado las últimas dos semanas intentando interponer la distancia necesaria para que lo suyo funcionara, llenando las horas con deberes y responsabilidades y asegurándose de que sus consejeros le explicasen cuáles iban a ser los parámetros de aquella relación. Pero sentado junto a ella en el podio mientras las festividades por su enlace estallaban a su alrededor, se había dado cuenta de que sus sentimientos no eran tan circunspectos como era necesario. Sobre todo cuando lo miraba así, con tanta ternura.

Tendría que encontrar el modo de controlar la necesidad y la intimidad. No podía permitir que se le acercase más, o acabaría descubriendo el hombre que era de verdad.

Ni un dirigente, ni un rey, ni un jeque, sino un muchacho asustado y solitario que había traicionado a su propia madre para salvar el cuello.

Capítulo 10

Tres meses después

Zane entró en sus habitaciones privadas con su secretario pisándole los talones.

–Cancela la misión a Umara. He oído hablar de fertilizantes lo suficiente como para que me dure el resto del mes.

Se quitó el tocado y se lo entregó al ayuda de cámara que le esperaba en el vestidor.

Tres días y sus tres noches. Tres días y sus tres noches llevaba sin ella, y tenía la sensación de que iba a estallar. ¿Cuándo demonios iba a acabar aquella necesidad que sentía de estar con ella?

Ese pensamiento lo había torturado durante los últimos tres días, mientras asistía a interminables reuniones diplomáticas con el príncipe Alkardi con una plácida sonrisa en la cara, cuando todo lo que podía hacer era pensar en Catherine, en sus mejillas arreboladas de pasión, en sus ojos brillando divertidos durante la visita de estado que habían hecho a una escuela antes de que él se marchase. O en aquel ceño de concentración cuando le había hablado de organizar un congreso de mujeres.

Tres meses llevaban casados y aún no había encontrado la distancia que permitiera funcionar a su matrimonio.

–¿Dónde está la reina? –preguntó mientras se quitaba la túnica. ¿Por qué no estaba allí, esperándolo? Había creído que estaría. ¿Para qué había enviado si no un mensaje diciendo que iba a llegar pronto? Tenía planes para aquella noche. No pensaba ocupar la bañera que el servicio le había preparado él solo.

–La reina está de visita hoy en el mercado para publicitar el nuevo congreso, Majestad –contestó el joven, clavando en tierra una rodilla.

–Envíale un recado. Dile que quiero verla –le espetó, pero inmediatamente lamentó haber usado un tono tan cortante y desagradable.

¿Desde cuándo se había vuelto tan impaciente y dictatorial como su padre?

Él no era un tirano. Él respetaba a las mujeres. Respetaba a Catherine más de lo que podía decir, pero llevaba tres días sin ella.

Amir se incorporó, dispuesto a salir corriendo de la estancia.

–Amir, no necesito que vuelvas. Tómate el resto del día libre. Deseo ver a la reina en privado.

Amir dudó.

–¿No necesita que lo ayude a desnudarse y bañarse, Excelencia?

–No.

Iba a pedirle a Catherine que se ocupara de esa tarea. El nudo que tenía en el estómago aflojó un poco al ver que Amir ejecutaba una reverencia y salía rápidamente.

Entró en la cámara adyacente al baño, se sentó en el diván y se quitó las botas. Aquella noche estaba irritable, y no sabía por qué.

Abrió el armario de encima del lavabo para buscar su afeitadora y entonces lo vio: el botecito de vitaminas que Catherine tenía siempre allí. El nudo volvió a apretársele por dentro.

Había intentado no reparar en el modo en que había cambiado su cuerpo. Las náuseas habían cesado ya, pero sus pechos estaban más sensibles, más llenos, y su cuerpo más voluptuoso con la madurez del embarazo.

El bebé. Tenía que obligarse a reconocer que eso era lo que le había estado molestando en las últimas semanas. El bebé y el hecho de que iba a ser imposible seguir evitando hablar de él.

Catherine estaba embarazada de cuatro meses, y dentro de poco tendría que dejar de acudir a su lecho. Apoyó las manos en el mármol de la encimera mientras la necesidad y el deseo reverberaban en su cuerpo.

Con una mano agarró su erección incipiente y, cerrando los ojos, movió el puño arriba y abajo intentando imaginarla a ella haciéndolo por él.

Soltó una sonora maldición y dejó de hacerlo. La imagen no bastaba. La necesidad era tan feroz que solo ella parecía capaz de saciarla.

Aquello empezaba a ser una obsesión, y tenerla tan cerca solo había servido para desatar a la bestia que siempre había sabido que estaba allí y que quizás ahora no fuera capaz de volver a controlarla.

Se miró al espejo y vio el rostro de su padre, un rostro que durante un tiempo le persiguió en forma de pesadillas. La tensión se apoderó de sus hombros y apretó las nalgas al sentir la quemazón y los pulsos de la piel al contacto con el látigo.

–¿Zane? –la voz urgente de Catherine le llegó

desde su cámara, y rápidamente se cubrió con una toalla–. ¿Dónde estás?

–Aquí –contestó con voz áspera, saliendo a su encuentro en la piscina climatizada.

–Has vuelto un día antes –exclamó ella, corriendo hasta él para abrazarlo.

¿Por qué le sentaba tan bien saber que ella también lo había echado de menos? La sangre volvió a acumulársele en la entrepierna.

–¿Dónde has estado? –preguntó él con más aspereza de la que pretendía por el tormento del deseo.

Ella lo miró a los ojos.

–Kasia y yo acabamos de volver de…

Pero de inmediato dejó de importarle y la tomó en brazos.

–¡Zane! –exclamó ella, riéndose.

–Espero que no lleves bragas –dijo, intentando parecer juguetón y divertido cuando lo único que sentía era una energía salvaje, y entró en la piscina con ella en los brazos.

En cuestión de apenas un minuto, le quitó la ropa mojada, la apoyó contra el mosaico de la pared y, tras arrancarle las bragas ofensoras, la tomó en sus brazos y la empaló con su erección.

Ella gimió con los pechos flotando en el agua, pero cuando él entraba y salía de su cuerpo llevándola hacia el orgasmo, dejado que la locura y la necesidad se apoderasen de él espoleadas por sus gemidos, el aterrador pensamiento que pulsaba por salir era que daba igual cuántas veces hiciera aquello. Daba igual cuántas veces la viera deshacerse en él. Nunca tendría suficiente.

Y daba igual cuántas veces se dijera que no la necesitaba porque nunca, jamás, iba a poder dejarla marchar.

–Zane, ¿estás bien?

–Ha sido un viaje largo y aburrido –contestó él junto a su mejilla, antes de sacarla del agua.

A Cat se le encogió el corazón como cada vez que él evitaba hablar de sus sentimientos. Creía que habían progresado en ese sentido. Se había obligado a ser optimista en cuanto a su matrimonio, y, cuando su ayuda de cámara había llegado a todo correr para decirle que quería verla inmediatamente, su ilusión se había desbordado.

Aquello tenía que significar algo.

La había tomado con pasión y, como siempre, ella lo había disfrutado, pero después y por primera vez, el optimismo que intentaba sentir cada noche se había negado a florecer, sustituido por las primeras llamaradas de la ira.

Había esperado encontrarse con él a medio camino, que por fin admitiera que había más en su matrimonio que deber y sexo, pero seguía negándose a dar aunque fuera solo un paso en esa dirección.

Iba a dar voz a sus pensamientos cuando sintió un extraño cosquilleo en el vientre, y rápidamente se puso la mano.

–¿Qué pasa? –preguntó él, preocupado–. ¿Estás bien?

–Sí, yo…

La sensación se repitió bajo su palma.

–¿Qué pasa, Catherine? –inquirió, sujetándola por los brazos, en su rostro había una mezcla de sorpresa, dolor y culpabilidad.

Iba a preguntarse de dónde salía esa expresión cuando una sonrisa apareció en sus labios.

–No pasa nada –respondió, tomando su mano y poniéndola sobre su vientre–. Es Junior. Creo que lo hemos despertado.

Y se echó a reír. Iban a tener un hijo. Un bebé. Y todo estaría bien. Pero en lugar de la fascinación y la alegría que esperaba, Zane apartó la mano como si su vientre fuese radioactivo.

–¿Qué ocurre, Zane?

–No debería haberte tomado así. No ha estado bien.

–No seas ridículo. El doctor Ahmed me dijo que las relaciones conyugales están perfectamente bien. Podemos hacer el amor hasta el tercer trimestre, siempre que ambos queramos. Al bebé no le pasará absolutamente nada.

Él la miró con una expresión tan débil que a ella se le llenó la garganta de lágrimas.

–Esa es la cuestión. Que no estamos haciendo el amor, ¿verdad?

Cat sintió primero sorpresa, luego dolor y por último la certeza de que lo decía de verdad. Y antes de que pudiera pensárselo, dijo lo que llevaba queriendo decir desde la boda.

–Yo sí.

La mirada de Zane se volvió desconfiada.

–Ya te dije que no puedo ofrecerte eso –declaró, como si estuviera leyendo el artículo de un acuerdo con una potencia extranjera.

–¿Y qué pasa con nuestro hijo, Zane? ¿A él sí podrás ofrecerle amor?

Él se pasó la mano por el pelo antes de contestar.

–Los dos estamos cansados. Ya hablaremos de esto mañana.

–No. Quiero hablar ahora.

Verle fruncir el ceño le había servido en otras ocasiones como advertencia, pero acababa de romper aquel momento mágico con su indiferencia y, al menos, le debía una explicación.

–Está bien, Catherine. Si insistes… no, no voy a querer a ese niño porque no soy capaz de esa clase de emoción.

–¿Por qué no?

–Tú ya lo has dicho. Mi padre era un monstruo.

«Eso no es explicación», hubiera querido decir, pero él siguió hablando.

–Creo que lo mejor, dadas las circunstancias, es que pongamos punto final a nuestra relación sexual. Daré instrucciones para que trasladen tus cosas a la zona de mujeres. Vas a estar muy ocupada desde ahora hasta que nazca el niño con tu libro, de modo que lo mejor es que no te distraiga más.

–¿Distraerme? –repitió ella, horrorizada por su tono distante–. ¡Yo te quiero! Soy tu esposa, la madre de tu hijo, y quiero que seamos una familia.

–Tú no me conoces. No puedes quererme. Si me conocieras, sabrías que lo que quieres es imposible con un hombre como yo.

–¡No me hables con acertijos! ¿Qué quieres decir? Puedo comprender que no me quieras, aunque esperaba que la intimidad y la comprensión crecieran entre nosotros, pero ahora veo que ni siquiera vas a intentarlo. ¿Y ahora me dices que no vas a intentar querer a nuestro hijo?

Nunca había alzado la voz, ni buscado la confrontación deliberadamente. ¿Por qué había tardado tres meses en darse cuenta de que la culpa de los espacios vacíos de su matrimonio era de él?

Era él quien se había negado a hablar de todo lo que no fuera los detalles más superfluos de su relación. Era él quien se había negado a ceder ni un ápice, el que acudía a su lecho de vez en cuando, casi como si siguiera un calendario, y luego se iba.

Había dejado que se saliera con la suya demasiado tiempo.

–Estás cansada –le dijo él, conduciéndola hacia sus habitaciones.

Catherine quería discutir, gritar, pero la tormenta de emociones que tenía dentro era demasiado en aquel momento, y la ira se desvaneció, dejando en su lugar al dolor.

–Mañana seguiremos hablando, cuando estés dispuesta a ser práctica.

Entró en su habitación y se detuvo, y en cuanto él se marchó, se dejó caer en la cama, pero volvió a sentir el débil aleteo de su hijo, queriendo ser escuchado, queriendo ser amado.

Se incorporó. No estaba en la cámara de la madre de Zane, pero daba igual. Se trataba de una jaula dorada.

Estaba atrapada en un matrimonio con un hombre que no podía amarla, igual que su padre se había visto atrapado por el amor por su madre, y también Zane acabaría perdiéndose. ¿Cómo no? Era un hombre muy sexual, y tendría que ver cómo iba teniendo amantes, igual que su padre había tenido que ver a su madre.

Secándose las lágrimas, se sentó. Tenía que irse. ¿Qué otra opción le quedaba? Lo había intentado durante tres largos meses, y, si esperaba a que el niño naciera, quedaría atrapada allí para siempre.

«Tendrás a su hijo, y eso tendrá que bastar. Aunque sea un hijo al que él nunca amará».

Quizás un día la perdonaría por haberse marchado. Y un día, quizás se perdonaría a sí misma por haberse enamorado de un jeque.

–No me digas tonterías, Kasia. Quiero saber dónde se ha ido.

Zane había contenido las ganas de gritar. La furia que le había dejado la garganta seca no era nada comparada con el dolor que sentía en el corazón desde que había encontrado la nota en su cámara. Había ido con intención de hablar con ella, de hacerla comprender.

Te quiero mucho, Zane. Llevo amándote desde la noche del oasis, y no debería haber accedido a casarme contigo sin que lo supieras. Lo siento. Pero no puedo vivir contigo sabiendo que nunca podrás llegar a amarme.

Si cambias de opinión respecto a lo de querer ser solo una figura decorativa en la vida de nuestro hijo, lo único que tienes que hacer es decírmelo y firmaremos un acuerdo de custodia.

Pero no puedo quedarme en Narabia, sabiendo que no somos para ti más que una responsabilidad. Entiéndelo, por favor.

Cat xx

No debería dolerle tanto, pero tampoco podía pensar en eso en aquel momento. Lo único que le empujaba era la necesidad de encontrarla y llevarla de vuelta al palacio.

Y Kasia era la llave.

Catherine no podía haber escapado sin su ayuda.

–A mí no me dijo nada –contestó la muchacha, desafiante en la mirada, pero con un temblor de manos revelador.

Era muy leal a Catherine, pero una mala mentirosa. Se acercó más a ella, no quería asustarla ni presionarla, pero se trataba de Catherine, de su seguridad, y el miedo estaba empezando a ahogarle.

–Dime dónde se ha ido, Kasia. No te va a pasar nada, ni a ella ni a ti, pero, si no me lo dices, podrías estar poniendo su vida en peligro.

–¿Cómo? –exclamó la pobre chica, temblando.

–Se ha marchado sola en un cuatro por cuatro, a conducir por un desierto que no conoce…

Daba igual la dirección que tomase. Le separaba un día de la frontera, había salido diez horas antes y él solo tenía un helicóptero.

–¡Pero me dijo que sabía conducirlo! –reveló Kasia.

–Nunca lo ha hecho. Y en el desierto no hay señal GPS. ¿Cómo va a saber qué camino tomar?

–Le di un mapa –admitió ella.

Zane apretó los puños, resistiendo el deseo de retorcerle el cuello.

–¿Qué dirección tomó? –gritó, y la chica dio un respingo.

–Zafari. Va a la frontera con Zafari.

–A por las motos –gritó al grupo de sirvientes y consejeros que lo habían acompañado al ala de las mujeres. Él iría al helicóptero, que ya le estaba esperando.

Al alejarse de Kasia, la furia, el pánico y la culpabilidad fueron succionados por el agujero negro que se abrió en el centro de su pecho hasta que lo único que quedó fue el dolor.

Cat entornó los ojos para mirar hacia el rojo que cerraba el horizonte. Los brazos le pesaban una tonelada por el esfuerzo que había tenido que hacer para mantener al cuatro por cuatro en el camino. Conducir en la oscuridad había sido agotador, ya que era fácil salirse del camino de tierra a la zona de piedras, y hacía un frío de mil demonios en aquel coche sin techo. Pero ya había empezado a echar de menos el frío porque el sol asomaba sobre las dunas en la distancia, pintando mil tonalidades de rojo y naranja en el cielo, y llevando consigo una ola de calor. Debería estar ya en la frontera, pero había tenido que avanzar despacio para esquivar los baches en aquel camino que casi nadie utilizaba.

El motor del coche comenzó a emitir un ruido nada tranquilizador, hasta que se dio cuenta de que aquel zumbido metálico que cada vez era más fuerte y más claro no provenía del vehículo. Una sombra apareció en una de las dunas y una enorme máquina negra asomó. Un instante después, aterrizaba a unos cientos de metros de ella, levantando una nube de polvo y arena y bloqueando el camino. Pequeñas piedras golpeaban la carrocería de su coche.

Estaba tan cansada que le costó comprender lo que ocurría hasta que un hombre alto e impresionante con su traje tradicional saltó de la aeronave y echó a caminar hacia ella.

«Zane».

Apoyó la frente en el volante e hizo caso omiso del salto de felicidad que le dio el corazón.

Cuando levantó la cabeza, ya casi había llegado a su altura. La belleza de aquellos pómulos marcados, la línea sensual de sus labios en aquel momento apretados por la ira o el enfado, el sorprendente azul de sus ojos clavados en ella... tuvo la sensación de que flotaba. La adrenalina que la había mantenido despierta durante todas aquellas horas se agotó.

–Catherine, baja del coche –le dijo, y metió la mano para abrir la puerta. A continuación, la agarró por el brazo–. Vamos, Catherine, te llevo de vuelta al palacio –masculló, y tiró de ella.

La última dosis de adrenalina se le disparó dentro y se soltó de un tirón.

–No. No puedo volver.

No encontraría las fuerzas para volver a dejarle, pero de pronto sintió que las rodillas se le doblaban.

–¡Estás agotada! –protestó él, tomándola en brazos.

–Tienes que dejarme marchar –le rogó, estrellando los puños en su pecho, pero tan débilmente que él continuó su marcha hacia el helicóptero.

La sentó en la puerta de carga, le quitó el velo y le hizo bajar los brazos.

–Déjalo ya, o te vas a hacer daño. Y al bebé también.

–Estoy embarazada, pero no soy una inválida.

–¿Por qué has puesto a nuestro hijo en peligro? –preguntó Zane, y en su voz percibió lo mismo que había notado en aquella noche mágica del oasis de los kholadi, cuando le habló de su madre. No era ira, sino pesar–. ¿Es que ya no quieres tenerlo?

–No, Zane. Lo deseo, y mucho. Ya le quiero.

La tristeza de su expresión se volvió aún más intensa.

–Entonces, ¿por qué has huido? –preguntó con la voz quebrada.

–Porque lo que tenemos no es un matrimonio, sino un acuerdo comercial. Y yo no quiero vivir así.

Él se quedó inmóvil.

–Te he hecho reina. Te he apoyado en todo lo que has querido hacer.

–Pero no me dejas acercarme a ti. No me quieres.

–¿Por qué es tan importante para ti? Me preocupo por ti y te deseo... ¡te deseo todo el tiempo, maldita sea! ¿Por qué no te basta con eso?

Cat alzó la mano para acariciarle la mejilla porque, a pesar de todo, quería calmar la tristeza que brotaba de sus ojos. Pero lo único que pudo decir fue la verdad.

–Porque no voy a conformarme con menos de lo que me merezco como hizo mi padre.

Él apartó la cara.

–¿Qué tiene esto que ver con tus padres? –le espetó, pero no parecía estarla acusando. Parecía devastado.

Y de pronto, lo supo. Había hecho lo correcto. Creía que era él quien tenía que cambiar, pero no era cierto. Le había permitido que no examinase lo que sentía por ella porque estaba asustada. Pero acababa de dejar de estarlo.

–Lo que te estoy diciendo, Zane, es que todo esto es tanto culpa mía como tuya. Mi padre era un buen hombre, pero al mismo tiempo, un ser humano débil. Siempre culpé a mi madre por la ruptura de su matrimonio, porque fue ella la que se marchó, y porque fue ella la que no permaneció fiel, pero mi padre también tuvo su parte de culpa por esperar tan poco de ella. Y yo he estado haciendo lo mismo contigo, pero ya no –respiró hondo–. Soy tu reina. Tu amante. Pero no tu esposa en el verdadero sentido de la palabra, y no me voy a conformar con menos. No puedo, o nuestro hijo será como era yo. O como eras tú. Atrapado para siempre en medio de una relación inexistente.

La herida aún sin curar de Zane se abrió de lado a lado con sus palabras. Lo único que quería era abrazarla, mantenerla a salvo. Parecía destrozada, exhausta. Tenía ojeras amoratadas, temblaba, pero al mismo tiempo parecía valiente e indómita.

El anhelo que se había esforzado por fingir que no existía, que no podía ser cierto, creció en su interior imparable como la marea.

La acercó a sí hasta que sus frentes se tocaron.

–No me dejes –le susurró. Sabía que no podía dejarla marchar. Ocurriera lo que ocurriese, quería tenerla siempre cerca, a ella y al niño. Quería mantenerlos a salvo, seguros, suyos–. Quiero que seas mi esposa en todos los sentidos, pero es que yo… –se estremeció–. No estoy seguro de que sea capaz de darte lo que quieres.

Ella le acarició de nuevo la mejilla y el corazón se le resquebrajó.

–¿Podrías decirme al menos por qué piensas eso?

Iba a tener que arriesgarlo todo si quería que se quedase.

–¿Por qué no podemos ser una familia, Zane? ¿Por qué no eres capaz de amarme…?

–No –la cortó, y la besó en los labios, alimentando el hambre que sabía que nunca vería satisfecha.

Todo aquel tiempo había estado protegiéndose, decidido a no ver, a no saber, a no reconocer lo que tenía delante de los ojos: que hacía meses que se había enamorado de ella. Y el resultado de su cobardía lo tenía allí: podía haberla perdido a ella y a su hijo.

Ella lo besó también, y su dulzura le tocó el alma. De pronto se sintió cansado, agotado de tanta mentira, de tanto subterfugio, de la interminable soledad, de la pena que se había impuesto a sí mismo desde hacía tanto tiempo.

–Catherine –susurró, con los ojos llenos de unas lágrimas que llevaba tiempo conteniendo–, te quiero. Te quiero tanto que, cuando descubrí que te habías marchado, no podía ni respirar.

–Pero… ¿estás seguro? –le preguntó con incredulidad, una incredulidad que le pareció hasta divertida.

Pero la vergüenza se apresuró a sepultarlo todo.

Había hecho que creyera que no era digna de su amor, cuando siempre había sido al revés. Él no era digno del suyo, y ahora iba a tener que decirle por qué.

–¿Cómo no iba a quererte, Catherine? Eres inteligente y valiente, compasiva y decidida, y tan dulce… –tiró de nuevo de ella hasta que su lugar más íntimo se presionó contra el abultamiento de sus pantalones–. Y cada vez que te tengo en los brazos, sé que nunca podré saciarme de ti.

Ella enrojeció.

–Entonces, ¿por qué te has esforzado tanto por mantenerme a distancia?

–Porque no quería que supieras cómo es el hombre con el que te has casado. Todo es una maldita fachada, Catherine. El poder, el sexo, la invencibilidad.

–Pero es que yo no necesito que seas invencible, Zane –sonrió–. Solo necesito que seas tú.

–Si me conocieras, no me querrías. Si supieras lo que hice aquella noche… entonces…

Ella tomó su cara entre las manos.

–Zane, sea lo que sea, tienes que contármelo –dijo, mirándolo con una fe que lo clavó un poco más en la cruz.

–La última noche que estuve en Los Ángeles, después de discutir con mi madre, no fue una coincidencia que mi padre llegase al día siguiente –la vergüenza lo envolvió, pero tenía que respirar para poder contarle lo que no le había dicho a ningún otro ser humano–. Yo me puse en contacto con él. Llamé a la embajada de Narabia en Nueva York y les dije que era el hijo del jeque y que quería estar con mi padre. Que mi madre ya no podía cuidar de mí. Sabía que ella me quería, a pesar de todas las broncas, los problemas de dinero y de bebida… pero les rogué que se pusieran en contacto con él y que se lo contaran. Que le pidieran que me separara de ella.

Cat le rozó los labios con un dedo, y él se vio obligado a mirarla.

–Zane, no… no tienes que decir nada más.

Lo único que vio en su rostro fue aceptación, así que el resto salió solo.

–Yo no quería que muriera. Era una alcohólica vulnerable y yo la abandoné cuando más me necesitaba. Cuando él me dijo que había fallecido, supe que había sido culpa mía, que si me hubiera quedado, si no hubiera sido tan egoísta, si me hubiera alejado de él y hubiera vuelto a su lado, podría haber impedido la sobredosis. El único modo de no venirme abajo tras su muerte fue impedir que volviera a sentir algo tan profundo por otro ser humano –respiró hondo–. Pero mi plan se fue al garete cuando te conocí, y eso me aterrorizaba. Aún me da miedo. Por eso ni siquiera puedo abrazarte cuando hacemos el amor. No puedo arriesgarme a quedarme dormido en tu cama y despertarme en tus brazos. Por eso tengo miedo de querer al bebé. ¿Y si te dejo en la estacada como hice con ella? Ni siquiera le dije adiós.

–Zane, el alcoholismo es una enfermedad –le dijo. Parecía tan torturado–. Debería haber buscado ayuda, pero no lo hizo. ¿No te das cuenta de que no fue culpa tuya, sino suya? Tú estabas desesperado, y solo eras un niño, y no puedes ser responsable de lo que ocurrió después de que te fueras.

–Pero aunque eso fuera cierto, no puedo... –dio unos pasos para alejarse del helicóptero, con los hombros hundidos y agitación en todos sus movimientos–. Me siento como si estuviera atrapado por los acontecimientos de aquella noche. Siempre los tengo presentes. ¿Y si nunca consigo dejarlos atrás? ¿Cómo voy a ser un hombre completo si no puedo superar lo que me ocurrió siendo un crío? ¿Cómo voy a poder ofrecerte lo que necesitas, o lo que necesite nuestro hijo?

Ella también bajó del helicóptero y le tomó las manos.

–Basta, Zane.

Se había abierto a ella, contándole algo que seguro que no le había dicho a nadie más, y no era consciente de la enormidad de lo que había hecho. Pero llegaría a comprenderlo porque, por fin, tenían confianza, algo sobre lo que construir y que les permitiría compartir el dolor.

Entendía bien que estuviera asustado porque ella también lo había estado. Había buscado intimidad sin saber que era lo que a él le daba más miedo.

–Podemos hacer que esto funcione, si me dejas entrar –le dijo–. Si me cuentas lo que sientes, y si yo hago lo mismo. Si nos comunicamos abierta y sinceramente, podremos superar cualquier cosa. Incluso nuestros miedos.

Zane apoyó la frente en la de ella y le oyó tragar aire.

–Sí, eso es lo que quiero. Si significa que no voy a perderte, haré lo que sea. Si aún puedes amarme sabiendo que la dejé morir sola…

–No –le cortó, colgándose de su cuello y hundiendo la cara en su hombro para inhalar aquel delicioso perfume a cedro y a hombre en el aire del desierto.

Le besó la barbilla y las mejillas y colocó las piernas alrededor de su cintura para que él la tomara en brazos. Su hondo suspiro de alivio reverberó en su pecho cuando ambos se sentaron en el helicóptero.

–Te quiero mucho, Zane. Siempre que tú me quieras a mí, podremos con todo, si confías en mí.

–Confío –respondió él, acariciándole el pelo antes de besarla en la boca. Fue un beso embriagador, lleno de amor, deseos y esperanza.

Y mientras contemplaba cómo el alba se volvía de oro en el horizonte, Cat se hizo una promesa: fuera lo que fuese lo que les deparara el futuro como pareja, padres y monarcas, a partir de aquel día no podían dudar de su habilidad para superar las dificultades ni de la fuerza de su amor.

Epílogo

TENÉIS que parar ya. Debería estar durmiendo –les reprendió Cat, intentando parecer severa, pero era imposible, oyendo las risas de su marido y las de su bebé de tres meses cada vez que Zane soplaba en su tripita.

No pudo evitar reírse también. No podría decir qué alegría encontraba más deliciosa: si la de la pequeña Kaliah, o la de su padre. El hombre taciturno que había conocido en el despacho de su jefe un año atrás había desaparecido casi por completo. Seguía siendo masculino y magnífico, sobre todo en la cama, pero se había vuelto mucho más relajado y accesible.

–Bueno, princesita perfecta. Ahora tienes que irte de verdad a la cama. Tengo un asunto muy importante que hablar con tu mami.

–Pues buena suerte –musitó Cat, mientras Zane volvía a abrocharle el pijama y subía en brazos a la niña, aún riéndose.

–¿Dudas de mi capacidad para conseguir que mi propia hija me obedezca, mujer? –preguntó, acariciando la espalda de la niña intentando que se calmara después de tanta actividad, sin mucho éxito.

–Por supuesto.

–Eso lo vamos a ver –respondió él, con una mirada cargada de sensualidad… que ahora sabía escondía una buena dosis de compasión y ternura–. Soy el jeque, y mis mujeres obedecen todas mis órdenes.

–Si usted lo dice, Su Divina Majestad...

–Vengo en unos minutos –anunció Zane, acunando a la niña, que empezaba a protestar ante la idea de tener que hacer, aunque fuese por una vez, lo que su padre decía–. Y, cuando vuelva, espero que me estés esperando. Desnuda. Para que podamos tener esa conversación trascendental.

Cat se dejó caer en la cama, sonriendo. Iba a costarle algo más que unos minutos calmar a la niña. Daba igual lo que hubiese logrado que el jeque Zane Ali Nawari Khan hubiera pasado a ser un hombre juguetón, protector y padre, esposo y amante devoto. Lo que verdaderamente importaba era que les pertenecía a las dos, a Kaliah y a ella, y a todos los demás hijos que esperaba que tuvieran juntos.

Y que ellos le pertenecían a él.